ピ

ゲストハウスわすれな荘

有間カオル

ハルキ文庫

角川春樹事務所

目次

Step 1　ブイヤベースの包容力

泣いちゃダメだ。大丈夫。うまくいく。

地下鉄日比谷線に揺られながら、壁坂千花《かべさかちか》はキャリーバッグの取っ手を持つ左手に力を込め、自分に言い聞かせる。

上野から二駅、目的地の南千住駅から一つ手前の三ノ輪駅を出たところで、ふわりと体が浮いた気がした。

ついさっきまで窓ガラスには、暗闇《くらやみ》を背景に自分の顔が映っていた。今は灰色の空が広がっている。

地下鉄なのに地上を走っている。

驚いて目を見開いた瞬間、涙がひとしずく零《こぼ》れて千花は慌ててコートの袖《そで》で顔を拭《ぬぐ》う。

電車はゆっくりとスピードを落として、高架駅に滑り込む。

プシュッとドアが開いて、車内に冷たい空気が流れ込んでくる。

冷気を押し戻すようにして、千花はホームに足を落とす。

続いて、キャリーバッグがガタンと、今にも壊れそうな車輪の音をホームに響かせて着地した。

　実家を出る決意をして購入したキャリーバッグは、秋田から東京まで持てばいいのだからと、一番安い二千円のものにした。金額にふさわしく、全体を覆う塩化ビニールの合皮はちょっと引っ掻《か》いたら破けそうだし、伸縮するハンドルも車輪も立て付けが悪くガタガタと不必要な振動があるし、鍵穴《かぎあな》は歪《ゆが》んでいて施錠するにも解錠するにもコツを摑《つか》むまでは苦労した。

　千花は不安気に周りを見回す。

　上野駅にはあんなに人がいたのに、この駅で降車した乗客は数えるほどしかいない。

　冷たい風がコートの裾《すそ》を捲《まく》る。

「寒い……」

　二月だから寒いのは当然だが、東京はもっとずっと暖かいと思っていたのに。

　雪がなくてもこんなに風は冷たくなるかと、凍える手でマフラーをきつく結び直す。

　斜めがけにしたポシェット、右肩に下げたスポーツバッグ、左手にはキャリーバッグを引きずって、あたふたと改札に向かう。

　焦る必要はなにもないのに、数少ない乗客に置いて行かれる不安が足を急《せ》かせた。

　緊張しながら自動改札機に切符を入れて駅の外に飛び出し、そして千花は絶句する。

　そこはあまりにも静かな、予想を裏切る静かな東京の風景だった。

　千花は呆然《ぼうぜん》と立ち尽くす。

駅から伸びる広い道路、大きなバスロータリー、密集したビルや家は千花の近所にはない都会らしい景色だった。

千花の出身地でも、中心部や大きな駅の前は道だって広いしビルだって乱立している。

だけど、ここは……。

建物が密集していながら、あまり人影が見えない。

ゴーストタウンと言ったら言い過ぎだが、それに近いものを感じた。

畑や林で覆われた田舎にならまだしも、人工物で覆われている土地に人気がないのはいっそ寂寥感《せきりょうかん》が募り、頰《ほお》はますます冷たくなっていく。

こんなところにホテルがあるのだろうか。

不安はますます大きくなるが、駅前で突っ立っていてもなにも解決はしない。

とにかく大通りを歩けばなにかあるに違いないと、千花は新品のくせにガタガタと悲鳴をあげるキャリーバッグを引きずりながら大通りを歩き始めた。

駅から真《ま》っ直《す》ぐに伸びる道路を浅草方面に向かって進む。

ビルのガラス窓に反射した日差しの眩《まぶ》しさとは反比例して、千花を包む空気も心の中も重たく冷えていく。

車の往来は激しいが、人影は少ない。買い物カートに寄りかかるように歩く老婆《ろうば》の横を、スーパーマーケットのビニール袋を自転車の籠《かご》に入れた主婦が通り過ぎる。

他に人は、と周りを見回せば、ビルの前でタバコをふかしている老人、退屈そうに地べたに座っている汚れたスーツの男性。

車も人も、千花の地元の大通りに比べればずっと多いし、建物も密集している。なのにこのどんよりとした覇気のなさはいったい。

本当にここは東京なのだろか。

あまりに想像とかけはなれた風景に戸惑い立ち止まると、足が凍ってしまいそうになる。ぎこちなくなる関節が体の奥で嫌な音を響かせる。

帰りたくなるけど、帰る場所はない。前に進むしかないのだ。

油断したら零れそうになる涙を奥歯に力を込めて耐えながら、千花は固いコンクリートの歩道を進む。

小さなビル群が途切れて、右側にぽっかりとアーケードが広がった。

視線を上げれば『いろは会商店街』の大きな看板が、どんよりとした灰色の空を背景にかかっていた。

ふと、秋田《ふるさと》の空を思い出す。

千花が東京で就職活動したいと言ったら、家族、とくに母親から猛反対された。

そもそも地方の短大出のたいした才能もないあんたが、東京で就職なんかできるはずがない。

たとえ就職できたとしても、嫁入り前の娘が一人暮らしなんて体裁が悪い。お金だって余計にかかるし、都会の生活があんたに合うはずがない。どうせすぐに音《ね》を上げて帰ってくるはめになる。

地元で就職し、地元の男性と結婚するのが一番、と。

母親に説得されたわけではないが、千花は短大卒業後、地元の小さな会社に事務員として就職した。

心の隅に不満と諦《あきら》めを同居させながらも、穏やかな日々が続いていった。

それが突然、一方的に終わりを突きつけられたのは、社会人になって六年目、千花が二十六歳になった冬のことだった。

来年からお兄ちゃん夫婦が子どもを連れて同居するって。あんた、一人暮らしがしたいって言ってたよね。

兄との電話を終えた母が千花に上機嫌で告げた。

両親が結婚した兄との同居を強く希望していたのは知っていた。

三年前に結婚し、市内に新居を構えていた兄夫婦が、子どもが生まれたのをきっかけにようやく同居に応じたようだ。

両親、とくに母親の喜びようは尋常ではなかった。母親は百年分の大掃除をする勢いで家の掃除と整理に取りかかった。

子どもはすぐに大きくなる。それに一人っ子では可哀相《かわいそう》だから、あと二人はお嫁さんに産んでもらわなくちゃ、と家中を磨き上げながら歌うように呟《つぶや》く母親の脳内には、すでに三人の孫に囲まれた幸せな家族像ができあがっていて、その中に千花の姿はなかった。

あんた、いい人はいないの？

もう二十六歳なんだから、嫁にいってもいいのよ。

いつまでも小さな会社の社員じゃ心もとないでしょ。

義理姉《みつよ》さんはあんたの歳《とし》で結婚して、もう母親になったのよ。

最初は遠回しにだったが、一ヶ月後には直接兄夫婦がやって来るまでに出て行って欲しいと言われた。

ほとんど歳の変わらない小姑《こじゅうと》がいては居心地が悪かろうと兄嫁に遠慮したのか、それとも息子が一緒に暮らしてくれるなら出来の悪い娘など不要と思ったのか。

理由などはどうでもよかった。

それよりも胸の奥で燻《くすぶ》っていた不満と諦めが、これはチャンスだと囁《ささや》いた。

もう二十六。いや、まだ二十六。

やり直せるかもしれない。

今までの人生で、こんなにも早く、しかも百パーセント自分だけで決断したことがあっただろうか。こんな行動力があったとは自分でも驚いた。

実家を出ると決めた次の日には会社に辞表をだし、自分の部屋の本や洋服、雑貨を選択に選択を重ねて半分以上処分した。

新天地ですぐに必要になる下着や冬服はキャリーバッグに、残りは新居が決まったら送ってもらうため段ボール箱に詰め込んだ。

夏服とお気に入りの本や雑貨が入った段ボールはたった三箱。

二十六年分の財産がこんなにもコンパクトになるとは。千花は改めて自分の世界の狭さと地味さに吐息した。

だが、所有物が少なくなった分、心は軽くなった。

必要な物は東京で調達すればいい。

そう、自分は東京へ行くのだ。日本の首都で暮らすのだ。

東京に行くと打ち明けたときの両親の顔は、たぶん一生忘れない。

自分たちの目の届く範囲でほそぼそと暮らしていくと思っていた娘が、まさか東京に行くなんて。自分たちでさえ知らない世界に。

一矢報いた。千花はそんな気になって、長年の溜飲《りゅういん》を下げた。

東京にはたった一度、中学校の修学旅行で訪れたのみ。

両親と同様、千花にとって同じ日本であっても遠い土地だった。

だが、背中を押す手はあった。だから勇気を出せたのだ。

東京にはたった一人知り合い、いや遠距離恋愛中の恋人が住んでいた。

一年前に秋田へ研修に来た下澤剛史《しもざわたけし》。大学を出て大手商社に勤めている剛史は、背が高くオシャレで話題が豊富な理想の男性だった。

東京の大学に進学した友人を通して出会った彼が、地味な自分をどうしてそこまで気に入ってくれたのかわからないが、素朴な人柄に癒《いや》されると褒めてくれた。

彼が秋田にいた約半年間、こっそりと親にも友人にも内緒で付き合った。

彼が東京に戻ってからは、メールで愛を語り合っていた。

こっちに遊びに来ない？

東京に来るときには連絡して。

狭い部屋だけど泊めてあげるよ。

東京への誘いと優しい文章が週一で届いた。

だが三ヶ月後には二週間に一通ぐらいになり、千花への返事も三通に一通ぐらいになった。

男性は筆まめではないから仕方ないのだと自分に言い聞かせながらも、最近はさらに彼からのレスポンスは遅く少なくなり、不安に思っていた。

そんな時期に降って湧《わ》いた兄夫婦の同居話。

これは運命だ。

東京行きを決行したのは二月半ば。

上野行きの秋田新幹線に乗って約四時間。東京の空の下に立って気づく。秋田よりは暖かいと思っていたが、同じぐらい冷たい風が吹いていた。

だけど千花の足取りは軽い。

コートを脱ぎ捨てた気分だった。

上野駅で剛史に電話するまでは。

「いろは会……商店街？」

ここなら街の情報を得られるかもしれない。それに荷物を軽くするため、日用品のほとんどを持ってこなかった。

方向を変えてアーケードに一歩足を踏み入れ、千花は唖然《あぜん》とする。

アーケードの幅は広く、屋根も立派だが、両脇に並ぶ店舗のほとんどにシャッターが降りている。

東京の都心でも、シャッター通りなんてあるのか。

ここは観光地浅草にも近いし、上野駅からも近い。スカイツリーだって見える。

「定休日かな？」

情報を求めているのに、大通りよりもさらに人が少ない。少ないというより、ない。人影がまったく見えないのだ。

人混《ひとご》みに対する覚悟はあったが、まさか東京で人がいなくて困るなんてことが起きるとは想像だにしていなかった。

よくよく目を凝らせば、十数店先になにを売っているのかわからないが、シャッターの開いている店があった。

アーケードを支える柱には、前髪の長いボクサーが描かれたフラッグが揺れていた。ほとんどマンガを読まない千花でも、『あしたのジョー』というボクシングマンガの主人公だとすぐにわかった。有名なマンガのキャラクターに後押しされ、千花はアーケードを進む。

ガサッ。

なにかが動いた気配に、千花の足が止まる。

キョロキョロと怯《おび》える草食動物のように肩を竦《すく》めて辺りを見回す。

ガサガサ。

「なにっ⁉」

シャッターの閉まった店先に放置された段ボールの山が動いた。

「ひっ……」

二つ並んだ段ボール箱から、真っ黒い巨大な芋虫のようなものが這《は》い出てきた。その先からは、脂で束になって固まった髪の毛がはみ出ている。

芋虫の先が少し開いて、人間の目が見えた。

汚れまみれでもう毛布とは呼べない布にくるまれたホームレスだ。

千花の膝が震える。

ホームレスの存在は知っている。ドラマでもニュースでも見たことはある。だが、本物を見たのは初めてだった。

厳しい気候の秋田では、地べたに段ボールを敷いただけで生きていくのは難しい。

白目が黄色く濁った虚《うつ》ろな目は千花を認めると、ズルズルと毛布の中に戻っていった。

千花が段ボールの音に驚いたように、ホームレスも千花の足音が気になって顔を出しただけなのだ。

寝ているだけで追いかけてきたりはしない。そう理解しても、緊張は解けない。キャリーバッグを引く手に必要以上の力を込め、足早に彼の前を通り過ぎた。

五メートルほど離れてから振り返り、段ボールが静止したままなのを確認して、ようやく肩の力を抜いて歩調を緩めた。

やっと営業中の店先が見えてきたが、その品揃《しなぞろ》えを見てガッカリする。

並んでいるのは缶詰や昆布、煮干しなど。どうやら乾物屋のようだ。今すぐに必要な物はなにもない。

しかも店主らしき腰の曲がった白髪の老人は店の奥で居眠りしている。商品を買いもしないのに、わざわざ起こして声をかけるのは憚《はばか》られる。

千花は大きくため息をついた。

「どーしたの、お嬢ちゃん。なにか探してんの？」

突然背後から男性の声。驚いて振り返るが、誰もいない。千花は後ずさりながら激しく視線を動かす。

「こっち、こっち」

声を辿《たど》れば、背後の店と店の間、猫道のような細い隙間《すきま》にスッポリと収まって千花に手を振っている男がいた。

店の陰になっている細道は薄暗い闇が覆っていて、黒いコートを着た男は擬態のごとくすっかり溶け込んでいる。

肩まで伸ばした、いや伸びてしまった髪に無精ひげ、手にはワンカップ。四十代か五十代かわからないが、千花よりもずっと年上、おじさんと呼んでいい男だ。

男の影が揺らいだ。と、思ったのは間違いで、彼の隣、いや奥というべきか、あと二人男がいる。顔は見えないが、汚れきったコートに、何日も櫛《くし》を入れていない髪。風をよけて店の隙間で酒盛りをしているようだ。

「なにか欲しいものあるの？　案内しようか」

だいぶお酒が入っているのか、舌っ足らずな口調でご機嫌に話しかけてくる。

男が立ち上がる気配を敏感に感じ取り、千花は反射的に来た道を走り出した。

やだ、やだ、恐い。

キャリーバッグが道を跳ねて、人気のないアーケードに固い音を響かせる。

大通りに戻って車の走行音を捉《とら》えたとき、安堵《あんど》して足の力が抜けた。

ガコン！

キャリーバッグが歩道の段差に躓《つまず》いて、バランスを崩した千花が思い切り派手に転ぶ。

千花の後を追うように道にバウンドしたキャリーバッグがオープンする。中に入っていた服が飛び散った。下着袋も飛び出す。

「きゃあぁぁぁ！」

千花が慌てて散らばった荷物をかき集める。

「手伝おうか？」

頭上から降ってきた声に顔を上げると、千花と同じ歳ぐらいの男がトイレットペーパーを両手に笑いを堪《こら》えて立っていた。

洒落《しゃれ》たコートにスッキリとした清潔な髪、少なくとも今の千花には至極真っ当な頼りになる人間に思えた。

親しみやすい笑顔に千花は警戒を解く。

彼はトイレットペーパーを道脇に置くと、千花と一緒に散らばった服を拾い集める。

「あ、ありがとうございます」

服をキャリーバッグに詰め込んで、乱暴に蓋《ふた》を閉める。

「旅行者かな？　どこに泊まるの？　道わかる？　案内しようか？」

「あの、まだ宿泊先は決めていないんです。この辺りには、安い宿があると聞いたので」

「あ、じゃあうちに泊まる？　すぐ近くのゲストハウスなんだけど。一泊二千五百円。長期宿泊なら一週間、一ヶ月割引もあるよ」

二千五百円！

上野駅で行く当てをなくし、急遽《きゅうきょ》携帯電話で「安い宿」を検索して引っかかった南千住エリア。不安だったけど本当に安い宿があるのだ。

「ゲストハウスって、ホテルとは違うんですか？」

「一軒家で共同生活。あ、でも全室個室だから。その点は女性でも安心。キッチンやリビング、シャワー、トイレは共同。ドミトリーとか、ゲストハウスは初めて？」

共同生活という言葉に千花は怖《お》じ気づく。二千五百円という値段は魅力的ではあるが、自分は内気で人見知りで、社交的なタイプでないと自覚している。

返事ができずにいると、男がトイレットペーパーを持ち直して提案する。

「とりあえず見るだけでもどう？　気に入らなかったら断って構わないし。どうしてもホテルがいいなら、知り合いのホテルを紹介するよ。ここらへんには女の子が喜ぶようなオシャレなホテルはなくて、安いビジネスホテルばっかだけど」

喋《しゃべ》りながら男はさりげなく千花のスポーツバッグを自分の肩にかける。

「重いでしょ。持つよ」

と、持ってから言う。さらに彼は反対側の手でキャリーバッグのハンドルを引き、千花の返事を待たずに歩き出してしまった。

「え、あの、あのっ」

荷物を人質に取られてはついていくしかない。

これが東京の客引きなのか、とカルチャーショックを受けながら、千花は彼の後ろを歩いて行く。

大通りから左折して、細い道に入った。

大通りからはわからなかったが車がギリギリすれ違える程度の道の両脇には、小さな宿泊所が並んでいた。

彼から一泊二千五百円と聞いたときにはその安さに驚いたが、ここに並ぶ宿のほとんどが一泊二千円台だ。中には千七百円なんてのもある。

なにも知らない田舎者と騙《だま》されていないだろうか。

一歩進むごとに不安になっていく。

「着いたよ。ここ」

彼が立ち止まったのは、昭和初期の香りが染みついた三階建ての戸建てで、同じ築年数の家やビルに挟まれていた。三階の半分は屋上になっていて、寒空にシーツが靡《なび》いていた。きれいとは言い難いが、不潔な感じや嫌な雰囲気はない。

玄関に続く三段の広い階段脇には、色も形も様々な植木鉢が置かれている。季節のせいか寂しく土しか見えていないものが多いが、プランタータグには様々な植物名が書いてある。一番大きく目立つプランターには『わすれな草』。その脇に隠れるように置いてある小さな植木鉢には、ひっそりと淑《しと》やかに紅色のアネモネの花が咲いていた。鮮やかで暖かみのある色が、千花の不安な気持ちをそっと和らげた。

「さあ、入って入って」

友だちを自分の家に招き入れるような気安さで、彼が曇りガラスのはまった木枠の玄関扉を開いて手招きする。

広い玄関には男女物混じってたくさんの靴がやや乱雑に並んでいる。

玄関はそのまま十畳ほどのリビングに繋《つな》がっていた。

真ん中に年季の入った大きな座卓、その周りをまったく統一感のないクッションが十個ほど囲んでいる。

ショッキングピンクに金糸の刺繡《ししゅう》が入った派手なエスニック柄のものから、白い無地のものまで、センスの相容《あいい》れない人間が勝手に持ち寄った感じだ。

統一感のないインテリアはクッションだけでない。座卓は昭和どころか明治の風格を漂わせているのに、テレビ台はオシャレなシルバーラック、テレビも割と新しい薄型の六十インチ。ちゃんと二十一世紀だ。

だが、その横にある小さな簞笥《たんす》らしきものは、手作り感満載で少し歪《いびつ》だ。隅っこにあるパソコンが乗った机は、どこかの小学校から盗んできたような傷だらけの小さなもので、イスは異様に存在感を主張するアールデコ調のものだった。

目がチカチカして、千花は何度も強く瞬きをくり返した。

チカチカするのはまとまりのないインテリアのせいだけではない。黄ばんだ白い壁には所狭しと、写真や絵はがき、手紙が飾られている。

近寄って見てみれば、宿泊客からのものらしい。ざっと見たところ、日本語のものよりも外国語のものが多い。

浅草《かんこうち》に近いから外国人の宿泊客も多いのだろう。

英語が話せない千花は少したじろぐ。

「リビングの奥がキッチン。自由に使って。でも、使った後はちゃんときれいに掃除して、食器や調理器具を戻しておいてね」

リビングの隅に荷物とトイレットペーパーを置いた彼が、不安気に佇《たたず》む千花に構うことなく案内を進める。

こっちこっちと手招きされ、千花は足を引きずるようにして彼の隣に立ち、キッチンをのぞき込む。

外観同様、古いが不潔さは感じない広いキッチンだ。ちょっとした食堂の厨房《ちゅうぼう》程度はある。ここなら同時に三人が作業しても狭くはない。

「宿泊部屋は二階に三つ、三階に四つ。トイレは各階にあるけど、シャワー室は二階のみ」

説明しながら彼は階段を登っていく。千花はしかたなくついていく。

「今、空いている部屋はここ。ちなみに僕は隣の管理人室に寝泊まりしているから。なにか困ったことやわからないことがあればいつでも声をかけて」

階段を上がって三つ目の、二十一のプレートが掲げられた部屋のドアを開ければ、押し入れ付の和室が広がっていた。いや、広がっていたとは言い難い、たった三畳の小さな部屋だ。

大きな窓の下には申し訳程度の小さな座卓が置いてある。手紙を書いたり、本を読んだり、ノートパソコン程度の作業ならかろうじてできる大きさ。

年季の入った藺草《いぐさ》と木の香り。ふと実家を思い出し、苦さと甘さが鼻孔をつく。

思った以上の狭さに、千花は言葉を失う。

でも、日本一地価の高い東京ならば、これが妥当かもしれない。

荷物は少ないし、十分と言えば十分だ。今から他の宿泊所を探すのも面倒だし、千花をここまで連れてきた彼は親切そうだし、東京のことをいろいろ教えてもらえるかもしれない。二、三泊ぐらいならいいかも。

「どう？」

千花は部屋に足を踏み入れ窓を開ける。冷たい風が部屋を吹き抜けて、ブルッと身震いして窓を閉める。

部屋の狭さはともかく、収納スペースはある。といっても、荷物の少ない千花にはあまり有り難くないが。

「とりあえず、お世話になります」

「気に入ってくれたんだ。よかった。じゃあ、リビングで手続きを」

再び階段を降りてリビングに戻り、座卓を挟んで向かい合い、彼はクリアファイルから書類を取り出し千花に差し出す。

「ここに住所と名前。あと、規約を読んで問題がなければ署名して。宿泊期間はこの表の通り。一泊二千五百円だけど、一週間、一ヶ月、三ヶ月、半年、一年割引があるんだ。基本前払い」

千花は日本のアニメのキャラクターが描かれた丸いクッションに腰を降ろして、差し出された書類とボールペンを手に取る。

日本語と英語と中国語で書かれた規約にざっと目を通し署名する。

宿泊票には迷った末、四泊と記入し一万円を財布から出した。

彼は書類にざっと目を通して自分も署名し、クリアファイルに戻して自己紹介を始める。

「僕はオーナーの代わりを任されている海老原《えびはら》翔太《しょうた》。困ったことやわからないことがあればいつでも言ってね」

「代わり……ってことは、他にオーナーがいるのですか？」

オーナーにしては若いと思っていた。

「ここのオーナーは怠け者で、ほとんど仕事せず僕に丸投げなんだよね」

翔太は弱ったように笑って頭をかく。

同じ歳ぐらいなのに、自分よりもずいぶんしっかりしていると千花は恥ずかしくなる。

「あの、外国の方が多いんですか？　私、英語、ほとんど喋れませんけど」

「大丈夫、大丈夫。挨拶《あいさつ》ができれば十分。困ったら僕が通訳するから遠慮なく声かけて」

英語も話せるんだと、ますます千花は萎縮《いしゅく》する。

東京できちんと生計を立てている人はみな翔太のように、人当たりが良くて仕事ができて英語ぐらい話せるのだろうか。

自分は地元から出たこともなく、小さな会社の事務で毎日代わり映えのしない仕事しかしてこなかった。東京で暮らしていく自信が萎《しぼ》んでいく。

「これからの予定は？　観光？　買い物？」

「あ……、いえなにも」

「秋田から移動してきたなら疲れたでしょ。夕食まで部屋でゆっくりしていなよ。準備ができたら呼ぶから」

「夕食って、あの夕食当番とかあるんですか？」

「ないない」

翔太は手を顔の前でブンブンと振る。

「でも、たまに焼き肉パーティとか、みんなで食事をしたり。あ、これは事前にそこのホワイトボードに日時と費用を書いておくから、参加希望なら言って。今夜はクオンがアルバイト先から食材をもらってくるから、みんなにご馳走《ちそう》するって。あと、冷蔵庫の余っている食材や、作りすぎた料理は自由に食べていいことになっている。食べられたくないものは目立つように名前を書いておくのがルール」

秋田《じっか》から離れて、初めての共同生活。

狭い三畳の部屋に戻ると、千花の胸に不安が再びせり上がってきた。

知らない人と食事なんて気が重い。だけど、断るのも気が引ける。

黄ばんだ壁紙の染みを見つめていたら、壁が迫ってくるように感じて息苦しくなってくる。

荷物の整理でもして気を紛らわせようと、翔太が運んできてくれたキャリーバッグを開けた。

さきほど中身をぶちまけてしまったせいでくしゃくしゃになった服の中から、秋田名物きりたんぽやしょっつる、秋田諸越《もろこし》を取り出した。

「無駄になっちゃったかな」

剛史にと持ってきたお土産だった。

剛史の声が耳の奥でリピートする。

——え、いきなり来ちゃったの？　そりゃ泊めてあげるとはいったけどさ、こっちにも準備があるじゃん。

——前もって言ってくれればさあ、一、二泊ぐらいならなんとか。

なぜか焦ったように小声でボソボソと話す彼。なんか口数がやけに多いと思った時、電話の向こうから、剛史と呼ぶ女の声がした。

その瞬間、わかった。

遠距離恋愛していたと思っていたのは自分だけだった。

剛史が東京に帰ったときに、恋は終わっていたのだ。

ずっと世話になるつもりはなかった。家と仕事が見つかるまでの一、二週間ほど一緒にいられたらと思っただけだった。

でも、彼は一泊どころか会うのさえ拒否した。それがすべてだ。

しょっつるの瓶を眺めながら狭い和室にぽつんと座っていると、押しとどめていた涙がふたたび目の奥を熱くする。

泣いている場合じゃないと、目頭をぎゅっとつまみ涙を押し戻す。

いつまでも失恋を引き摺《ず》っているわけにはいかない。自分にはもう帰る場所はない。住む場所はとりあえず確保できた。次は早く仕事を探さなくては。

秋田に帰るつもりはない。帰っても仕事を探す必要があるのは同じだし、さらに住居も探さなくては。

それに東京に出ると宣言してきた家族にばったり会ったりしたら気まずい。なけなしのプライドが郷里へ帰ることを諦めさせた。いや、プライドというよりも恐かった。家族に会うのが。

千花は頭の中の憂いを追い払うように、乱雑に突っ込んだ服をきちんとたたみ直す。

押し入れの下段には布団一式。上段にはポールがついていてハンガーが掛けられるようになっている。

コートとジャケットだけをハンガーに掛けて、それ以外は畳んだまま下に置いた。最後にキャリーバッグから出てきたスケッチブックと色鉛筆を手に取る。

千花はスケッチブックを見つめながら、東京で就職したかった理由を思い出す。恋人がいなくとも、東京に来たことは無駄じゃない……たぶん。

スケッチブックを服の横に置き、スポーツバッグとキャリーバッグは布団の横に納めると、いよいよ畳の上には千花だけになり、寂しさと不安が体の奥で木霊《こだま》する。

小さなエアコンは設置されているが、効きが悪いのか断熱性が弱いのか部屋はなかなか暖かくならない。コートを脱いでしまうとかすかに肌寒く感じる。

寒く感じるのは、室温のためだけではなさそうだが。

千花は押し入れから毛布を取りだして肩に羽織った。

鼻先に温かい湯気を感じて、千花は目覚めた。

すぐ目の前に黄ばんだ白い壁、寝返りを打てば色あせた押し入れの襖《ふすま》、窓には初めて見る夕暮れの風景。

味噌汁《みそしる》を作っている夢を見ていたとぼんやり思い出していると、ドアの隙間から野菜を茹《ゆ》でる青いにおいが滑り込んでくる。

においに誘われるように部屋を出て、そのまま廊下を歩き階段を降りていくと、ますますにおいは強くなりお腹《なか》が訴えるようにクゥと鳴った。

台所をのぞくとまだ湯気をあげているブロッコリーやニンジンなど色とりどりの野菜と、下ごしらえを終えたメバルや穴子など数種の魚がバットに並んでいた。

だが人はいない。

台所を通り越しリビングに入ると、座卓で新聞を読んでいた翔太が千花の姿に気づき手招きした。

「クオン。新しいゲスト、壁坂千花さん」

パソコンの前に座っていた男がくるりと振り返った。

浅黒い肌に大きな目。日本人でないことはすぐにわかった。千花の全身に緊張が走る。

英語でよろしくお願いしますはどう言えばいいのかと千花が固まっていると、先にクオンが人懐こい笑みを浮かべて口を開いた。

「ワタシはベトナムから来たグエン・ユイ・クオン、デス。今年、二十二歳になりますデス。クオンと呼んでくださいデス」

「クオン、デスが多すぎ。デスとマスは一緒に使わないよ」

翔太が新聞を読みながら半笑いで指摘する。

「おお、そうデス。そうでした。一本取られましたね」

「取ってねーよ」

パコンと自分の頭を叩《たた》くクオンに、翔太がすかさずツッコミを入れる。

クオンの日本語に驚きと、それ以上の安堵を得て、千花は頭を下げた。

知らない人と食事なんて気が重いのに、さらに外国人も一緒だなんてと思っていたが、少なくとも翔太と日本語ができるクオンがいて少し気が軽くなる。

「壁坂千花です。千花と呼んでください。よろしくお願いします」

「チカね。チカってどんな漢字を書くデスか？」

「ええ……と」

千花がパソコン脇にあるメモ帳に『千花』と書くと、クオンの顔がパァっと明るくなる。

「ワタシ、この漢字わかります。千は一、十、百、千の千。千の花、つまり花園という意味。とても美しいデス」

「あ、ありがとうございます。日本語お上手なんですね」

「ワタシは一年間、日本語学校で学びました。そして、四月からは大学に行きます」

すごいな、と千花は素直に感心する。大学に行くだけでもすごいと思うのに、言葉の違う外国で学ぶなんて。

きっと、才能があって努力家で優秀なんだ。

自分とは大違い。自分には無理だ。年下の彼の屈託ない笑顔に萎縮してしまう。

「あ、オリバーからメールの返信が来ましたデス。あっ！」

クオンは千花の方を向いて大きく首を横に振る。

「デスはなし。今のはデスいりませんね」

とっさになにも言えない千花の代わりに、翔太が声を上げて笑う。

「オリバーOKデス。フランスパン手に入れて、あと三十分ほどで帰るだそうデス。じゃあ、こっちも仕上げに入りますデ……」

クオンは間違いを途中で飲み込んだ。

「あ、私もなにか手伝いましょうか」

「大丈夫。ブイヤベースは下ごしらえが終わったら、あとはスピード勝負デス」

「ブイヤベース！　すごいですね。フランス料理じゃないですか！」

名前は知っているけど食べたことはない料理に、千花は思わず声を上げた。

「千花、ブイヤベース好きデスか。楽しみにしているといいデス。ワタシは料理が得意。お手伝いならサイドディッシュをリビングに並べてくださいデ……」

クオンは再び間違いを飲み込んだ。

千花が翔太と一緒にリビングを片付け、塩茹でブロッコリーやニンジンのグラッセ、ホウレン草のバターソテー、インゲンのサラダなどを座卓に並べていると、階段を降りる足音が響いてリビングに若い女性が姿を現した。

毛先をクルンと内側に跳ねさせた栗色《くりいろ》のボブカットを軽快に揺らせて千花の隣に立つ。

これからパーティに行くのかと思うほどきちんと化粧をしていて、目を二倍に見せるほどの長いつけ睫毛《まつげ》につい視線が止まってしまう。

「新しい入居者？　今日から？」

千花は日本語にホッとして、持っていた皿を座卓に置いてから小さく頭を下げる。

「壁坂千花です。よろしくお願いします」

モデルのように垢抜《あかぬ》けた若い女性にじっくりと見つめられて、千花は男性に見られるよりも恥ずかしくなってうつむいてしまう。自分はファンデーションを塗っただけの薄化粧だし、服も部屋着に着替えてしまっている。

着飾ったとしても、彼女とは並べないだろうが。

「うちは神戸から来た西条歌穂《さいじょうかほ》。神戸国際大学の四月から二回生」

「わ、私は秋田から」

「へえ。雪国の人は肌がきれいってホントなんやね」

歌穂が千花に顔を近づける。可愛《かわい》い子にきれいと言われて、千花の心臓が跳ねる。

「春休み利用して東京に遊びに来てんの。千花さんは旅行？　仕事？」

「えっ、あの」

旅行ではない。仕事……を探していると正直に言っていいのかと、千花が言い淀《よど》んでいると乱暴に玄関のドアが開いた。

身長二メートル近くの白人男性二人が入って来る。

体格のよい外国人に、思わずビクッと千花の肩が跳ねた。

一人は金髪で両手にビール缶がいっぱい入った買い物袋を持っていて、もう一人は赤毛で片手に八本のフランスパンが頭を出している紙袋を抱え、反対側の手にはお土産が詰まっているらしき紙袋を下げていた。

「Oh、いいにおい。グッドタイミングか？」

「頼まれていたパン、買った」

アクセントがかなり外れていて聞きづらいが、確かに日本語だとはかろうじてわかった。

「はい、グッドタイミング。ちょうど今、できあがりました」

クオンが給食用のような大きな鍋を持ってリビングに入ってきた。その後ろから翔太が取り皿やスプーン、フォークを持ってくる。

リビングに磯の香りが漂う。

「いいにおい」

コートを脱ぎながら巨人たちが鼻を鳴らす。

においに引き寄せられるように、それぞれ適当に転がっているクッションを手に取り座卓の周りに座った。

クオンが置いた鍋からはトマトとニンニクと、それを抱き込む圧倒的な魚介類の香りが立ち上る。

「これで全員？　オーナーは？」

歌穂が座卓を囲む面々を見回して翔太に尋ねる。

「オーナーはクオンが夕食作るって言ったら必ず行くって言っていたけど、どうせどこかで酔いつぶれているんだろ。当てにならない人だから。これで全員だよ。さあ、いただこう」

「その前に自己紹介」

「新しい人、いる」

白人男性が千花に向かって手を挙げる。

「ドイツから来た。名前はオリバー」

「同じくドイツから来た。ヤン」

金髪がオリバー、赤毛がヤン。千花は素早く頭にインプットする。

ぶっきらぼうな物言いは、単純に語学力の問題らしい。

「わ、私は千花です。よろしくお願いします」

「千花の意味は千の花、つまり花園デス。フラワーガーデン」

クオンが得意げに付け足すと、おおーっとドイツ人が声を上げた。

「ゲストは他にネパール人のスディールがいるんだけど、深夜バイトだから」

翔太が補足する。

「ところでパン、多くないデス?」

クオンが買い物袋から突き出たフランスパンを見て驚けば、ヤンが不思議そうに首を傾《かし》げる。

「一人、一本」

フランスパンを一人一本! 千花が面食らっていると、歌穂が呆《あき》れて言う。

「一本なんて食べられへん。そんな大食いはあなたたちぐらい。ついでに大酒飲みも。なにそのビール」

歌穂が床に置かれた買い物袋いっぱいのビール缶を指さす。

「ドイツ人は、ビールばかり飲んでいると思っているね。その通り!」

オリバーが胸を張る。

「ドイツ人の二人、去年日本に来たときは挨拶程度の日本語しかできませんでした。でも、一人ボケツッコミ覚えた。ドイツ人は日本人と同じ、真面目《まじめ》なので油断ならないデス」

クオンがなぜかライバル心剝《む》き出しに千花に解説した。

「フランスでフランス語を話しても、当然とか下手とかいう態度。でも、日本で日本語話すと、日本人、褒める。日本語オ上手デスね。褒めて伸ばす教育、よし」

オリバーが親指を立てる。

「彼らはいわゆるオタク。正確には、アニメとかマンガとか萌《も》えとかデス」

「Nein!《違う》　和食とか寺とか富士山も好き」

「日本語はマンガで覚えたが」

「クオンはせっかく日本にいるのに、アニメやマンガや萌えに興味ない、モッタイナイ」

クオンが手を振る。

「萌えよりも、落語の方が興味あるデス」

「渋い！」

「ワサビ！」

「わびさびデス！」

クオンがすかさずツッコミを入れる。

「さあ、食べよう」

翔太がおたまを手に取りブイヤベースを取り分け、ヤンがフランスパンを二センチの厚さに切る。その間に、オリバーがビール缶を配る。千花の前にもビール缶が置かれた。あまり酒は飲まないのだが、どうしようと迷っているうちに、プシュッとオリバーの手の中でビールが泡を吹き出す。

「わすれな荘へようこそ」

クオンがカンパイの音頭をとると、千花の表情がぽかんとなった。

「どうしたデス？　ハトが鉄砲食らったような顔をしてます」

「クオン。そこまで物騒じゃない。食らったのは鉄砲じゃなくて豆鉄砲だよ」

翔太が訂正すると、クオンが一本取られたねと言って自分の頭を小さくコツンする。

「いえ、あの、このゲストハウス、わすれな荘って名前だったんだって、今知ったので。素敵な名前ですね」

千花は翔太に促されるまま来てしまったので、自分の泊まる宿の名前さえ知らなかったことに苦笑する。

どういうわけか翔太も決まり悪そうに笑っている。

伝え忘れたことを恥じているのか。気にするほどのことじゃないのに、と千花は思う。

「Prosit!《プロージット》　カンパイ！」

仕切り直すようにオリバーがドイツ語と日本語でかけ声を上げ、喉《のど》を鳴らしてビールを流し込む。

それを合図に食事が始まった。

「フランス料理にもビール」

歌穂が非難めかして言うと、ひたすらパンを切っているヤンが手を止めずに弁明する。

「ドイツ人、ワインも飲む。フルーティーでほんのり甘いドイツ白ワイン、日本でも人気」

「できれば辛口の白ワインがよかった」

と、言いつつ、歌穂はビールの缶を開けて一口流し込み、まんざらでもなさそうな表情でヤンが切ったパンを一切れつまみ自分のスープ皿に入れた。

千花は会話にうまく入っていけず、緊張しながら皆に合わせるようにスプーンを手に取った。

魚、貝、エビの入った鮮やかな赤いスープをゆっくりとすくう。

口元に近づけただけで魚介類の旨味を鼻から感じる。

口に含んだとたん、緊張がはじけ飛んだ。

「美味《お い》しい！　出汁《だ し》がよくでている」

トマトの酸味やニンニク、ハーブの隠し味が、魚介の旨味をより引き立てている。

つい大きな声がでてしまい、千花は慌てて皆の顔をうかがうが、誰も気にした様子はなく、それぞれ自分のペースで食事を楽しんでいる。

ヤンはまだパンを切っている。

「うん、美味しい」

スープでフワフワのスポンジのようになったパンを口に含んだ歌穂が、千花に続いて賞賛する。

「お口にあってよかったデス。はい、ルイユソースね」

クオンが小鉢を配る。マヨネーズに似た、だがマヨネーズよりも濃いオレンジ色のソースが入っていた。なんだろうと千花がのぞき込んでいると、クオンが説明する。

「ブイヤベースにはかかせないソース。マヨネーズと同じく卵黄とオイルがベースだけど、ジャガイモやニンニクを入れたブイヤベース用のソースデス。パンに塗ったり、ブイヤベースに直接入れてください」

千花は初めて見るルイユソースをフォークの先にちょんとつけて舐《な》めてみる。マヨネーズよりも塩味が効いていて、ほんのりとニンニクが香る。

フォークで一口分すくい取ってスープに入れるとさらにコクが深くなり、舌触りはまろやかになる。

「どう？　どうデス？」

クオンが目を輝かせて千花の顔をのぞく。期待に満ちたその目を千花は知っている。ボールを取ってきた犬が飼い主に褒められるのを待っている目だ。近所で飼っている秋田犬のポン太が同じ目をして、よく飼い主の靴を咥《くわ》えて千花に見せに来ていた。

「す、すっごく美味しいです。味がさらに深まるっていうか」

「よかったデス」

パァとクオンが笑顔になると、千花もなんだか嬉しくなる。

オリバーはビールを豪快に呷《あお》ってエビを殻ごとほおばり、ヤンの切ったパンにルイユソースを塗って口に放《ほう》り込む。

カンパイ以降オリバーは一言も喋っていないが、食べっぷりと表情でクオンの料理を褒めている。

歌穂は最初のうちこそ口紅が剝げるのを気にしていたが、今はもう額に滲《にじ》んだ汗さえ拭わず料理に手を伸ばす。

ヤンはまだパンを切っている。

ブイヤベースだけでなく、付け合わせに作った野菜料理も千花には驚きの味だ。ブロッコリーは塩加減も茹で加減も絶妙だし、ニンジンのグラッセはバターの風味とニンジンの甘味が柔らかく溶け合っている。インゲンのサラダも、ホウレン草のソテーも千花には初めて食べる美味しさだった。

翔太がエビの殻を剝《む》きながら、ひたすらパンを切るヤンに声をかける。

「ヤン、まさか全部切るつもり？　早く食べないと冷めるし、オリバーに全部食べられるよ」

ヤンがようやく顔を上げ、食事中とは思えないほど真面目腐った表情で告げる。

「いっぺんにやる、効率いい」

「いや、もう乗せる皿がないから」

テーブルには大皿に三本分、ヤンの後ろには二本分のフランスパンのピースがこんもりと盛られている。

翔太は無理矢理フランスパンをヤンからもぎ取って、立ち上がり台所へ持って行ってしまった。

仕事がなくなったヤンがようやくナイフからスプーンに持ち代え、ブイヤベースを口にする。

「Lecker!《うまい》」

ヤンはドイツ語で賞賛すると、自分の切ったパンを浸して遅れを取り戻すように食べ始める。

ふと気がつくと、オリバーが千花のルイユソースをじっと見つめている。千花の三倍以上パンを食べているオリバーの小鉢は、舐めたようにきれいさっぱりソースがなくなっていた。

千花は自分の小鉢を差し出す。

「これ、よかったら」

「Danke!《ダンケ》　ありがとうございます」

オリバーは遠慮することなくドイツ語と日本語で礼を言って受け取ると、残りをすべて平らげる勢いでパンにソースをつけ、食べ始める。

千花は自然に自分からオリバーに話しかけられたことに少し驚いて、ちょっと嬉しく思う。

フランス料理でも畏《かしこ》まったところがまったくない。一つの鍋を囲んで、美味しさを共有していると、初めて会う相手でも、外国人でもあまり緊張していない自分に気づく。

「なんか、普通の鍋料理みたい」

千花の言葉に、クオンが胸を張って応《こた》える。

「ブイヤベースはもともとプロヴァンス地方の漁師鍋。売れない魚を煮て食べたのが始まりデス。今でこそマルセイユ市が定めたブイヤベース憲章などができて、使う魚やスープと具を別々に出すとか色々ルールがあります。お店で出すブイヤベースは憲章に沿っていますが、ワタシはこうやって原型のブイヤベースが好きデス。日本の鍋に似てますね。みんなで箸《はし》を突《つつ》き合うのがいいデス」

「箸を突き合うじゃなくて、鍋を突き合う、な」

翔太が訂正すると、クオンがペコンと自分の頭を叩く。

「こりゃ、一本取られたね」

「取ってねーよ」

翔太が笑いながら千花に補足する。

「一本取られたはクオンのマイブームだから。ちょっと前は『では、お手を拝借』、その前は『おあとがよろしいようで』。口癖みたいなもんだからあんまり気にしないで」

ヤンが参戦したため、給食鍋にたっぷりあったブイヤベースがどんどん減っていく。

「スディールの分を取っといてあげようデス」

「オーナーの分も取っておかないと、あの人あとからグチグチ言うから。面倒くさい」

翔太が二枚のスープ皿に残っているブイヤベースを盛ると、鍋の中はきれいになくなった。

「デザートは？」

オリバーがパンをほおばりながら尋ねる。

「図々しい。そこまで作りませんデス」

クオンが頬をふくらませる。

「あー、確かになんか甘い物食べたいね。冷蔵庫になんかなかったっけ？」

歌穂がオリバーに同調すると、千花は剛史へのお土産を思い出した。

「私、お菓子持ってます。ちょっと待っていてください」

千花は立ち上がって、小走りに廊下を渡り階段を上がって自分の部屋に戻る。

押し入れを開けると目的の物はすぐに見つかった。

贈品用に美しく包装された箱を手に取ると、忘れていた悲しみが甦《よみがえ》る。

彼に渡せなかったお菓子。

千花は目頭に滲んだ涙を袖口でそっと押さえて、リビングに戻る。

「これはなに？」

千花が持ってきた箱を開くと、興味津々でクオン、オリバー、ヤンがのぞきこむ。

「クッキー？」

小麦色をした長方形の菓子の表面には、一枚一枚違う絵や文字が型押しされている。

「手が込んでるデス」

クオンが一枚つまんで、いろんな角度から眺める。

「秋田諸越。秋田の名物菓子です。どうぞ」

千花が菓子を紹介すると、彼らはほぼ同時に諸越を口に入れ、変な顔で固まる。

「んぐ？」

「が？」

「う？」

いい歳した男が三人、諸越の半分を口から出した状態で顔を歪《ゆが》ませている。

「ぷっ！」

翔太が吹き出し、釣られるように千花も歌穂も笑い出す。

「ぐうっ！」

オリバーがさらに顔を歪めて、カキンと諸越に歯を立てて二つに割った。ヤンがそれに続く。

「こ、これは根性が必要なスイーツ」

「サムライの菓子か⁉」

諸越の予想外の堅さにドイツコンビが目を剝き、クオンはまだ格闘している。

「口の中で溶かすように食べてください」

千花が笑いながら食べ方を教えると、クオンが眉《まゆ》を八の字にする。

「それ、もっと早く教えて欲しかったデス」

歌穂が諸越を手に取り尋ねる。

「落雁《らくがん》？」

「落雁の一種ですけど、餅米《もちごめ》じゃなくて小豆の粉で作っています」

口に放り込むと、ゆっくりと端からほろほろと崩れていき、上品な甘さが広がっていく。

お茶にもコーヒーにも紅茶にも合いそうな優しい甘さだ。

「おいしいデス。飴《あめ》ともチョコレートとも違う溶ける感じがいいデス。おもしろいデス」

嚙《か》み砕くことを諦め、口の中で諸越を転がしながらクオンが感想を述べる。

「お口にあってよかった」

「はい。よかったデス。いいお菓子。美味しいし、千花が笑いました」

「え？」

千花はクオンとオリバーとヤンが諸越の堅さに目を白黒させていた顔を見て笑ったことを思い出す。

東京にきて初めての笑いだった。

「なんか悲しそうな顔をしていたので心配してたデス。家族と離れて寂しいですか？　でも、みんないるから大丈夫デス」

クオンが親指を立てる。

大丈夫……。

千花はクオンの言葉を胸の中で反芻《はんすう》する。

そう、大丈夫。きっと、大丈夫。

自分はがんばれる。

千花は目の前にあるビール缶を開けた。

部屋の熱気で温まったビール缶は、プシュッと大きな音を立てた。

新しい生活にカンパイ！

夢見るレシピ *1*　ブイヤベース

材料　[4人分]

鯛、メバル、カサゴなどの白身魚の切り身 …… 300g程度
殻付き海老(背腸《せわた》を取る) …… 8尾
アサリ(蛤、ムール貝など可。砂出し後よく洗う) …… 300g程度
穴子、イカ、タコなど好みの魚介(食べやすい大きさに切る) …… 適量
塩、胡椒、ピュアオリーヴ油 …… 各適量
〈仕上げ〉　イタリアンパセリ(みじん切り) …… 少々
　　　　　バゲット…… 適量

スープ

ニンニク(皮を剝いてつぶす) …… 2片
タマネギ、ニンジン、セロリ(薄切り) …… 各1/2個分
〈A〉　出汁《だし》用の鯛の頭 …… 200g程度　　白ワイン …… 100cc
〈B〉　ホールトマト缶(粗切りにする) …… 1缶(400g)　　水 …… 800g
〈C〉　ローリエ …… 1枚　　タイム、サフラン …… 各2つまみ
〈仕上げ〉　塩 …… 小さじ1/2～好みで加減　　胡椒 …… 少々

ルイユソース

ジャガイモ(茹でて裏漉ししたもの) …… 50g
〈A〉　すりおろしニンニク …… 1片分　　卵黄 …… 1個分
　　　サラダ油 …… 50cc
〈B〉　カイエンヌペッパー、塩、胡椒 …… 各適量

手順

[1] スープを作る。鍋にオリーヴ油を入れ、まず弱火でニンニクを炒め、香りが立ったら, 残りの野菜を加え中火で炒める。⇒ **[2]** 〈A〉を加え、野菜がしんなりしてきたら、〈B〉を加えて一度煮立てて灰汁《あく》を取り、火を弱める。〈C〉を加え、弱火で30分煮込む。⇒ **[3]** [2] をザル等を通して漉し、スープのみを取り出す。⇒ **[4]** アサリ以外の具材に塩、胡椒を振って10分おき、オリーヴ油でこんがりと焼く。⇒ **[5]** [3] のスープにアサリを入れて火にかけ、アサリが口を開けたら、[4] の具材を合わせて、塩、胡椒で調味する。⇒ **[6]** ルイユソースを作る。ジャガイモに、〈A〉〈B〉を加える。⇒ **[7]** [5] にイタリアンパセリを散らし、ルイユソース、バゲットを添える。

Step 2　ジャガイモは飢饉の他になにを救うか?

窓の外から聞こえてくる話し声で、千花は目覚めた。

防音対策など一切されていない薄い壁は、ゲストハウス前の道路の騒音をすべて通してしまう。

枕元に置いた携帯電話を手に取り、時刻を確認する。

午前八時半。

使い古された布団から抜けだし窓をそっと開けると、冷たい空気が頬《ほお》に当たって身震いした。

五センチほど開けた窓から下をのぞくと、宿が並ぶ道を大通りに向かって歩いて行く人々が見えた。

通勤のサラリーマンや、通学の学生たちの中に、あきらかに旅行者と思える人たちも混じっている。

昨日初めてこの街に立ったときは、想像していた東京からかけ離れた活気のなさや静寂さに呆然《ぼうぜん》となったが、これだけ宿が並び、また民家もあるのだ。当然、人が住んでいる。

ふざけ合う小学生の男の子たちが車道に出て、クラクションが鳴らされる。

ありきたりな日常の風景に安堵《あんど》しながら窓を閉めようとしたとき、わすれな荘から赤毛と金髪の大男が出てくるのが見えた。ヤンとオリバーだ。さっそく観光か買い物に行くのか。

一歩遅れて歌穂も出てきた。

三人は英語で話しながら駅へ向かう人たちの中に紛れていく。

「すごい……。歌穂さん、英語できるんだ」

長期滞在組は仲が良さそうだし、なんだか羨《うらや》ましいなと思いながら千花は窓を閉めた。

布団を畳み押し入れにしまって服を着替える。部屋に洗面台はない。顔を洗うには共用スペースである廊下に出なくてはならない。

パジャマ代わりのよれたスウェットで出て行くのは憚《はばか》られた。

一応、外出もできるような服に着替えて、タオルと洗顔料を持って部屋を出る。

洗面台は二階の奥、トイレの隣にある。

そこで顔を洗う。その間、誰とも会わない。

廊下は静かだ。みんなまだ寝ているのか。それともすでに外出しているのか。

部屋に戻って化粧水をはたき、軽くファンデーションを塗ってから一階に降りていく。

リビングに入ると、座卓で新聞を読んでいた翔太が千花に気づいて声をかけた。

「おはよう。寝心地はどう？　よく眠れた？」

「は、はい。よく、眠れました」

「それはよかった」

「あの、そこのパソコンは無料で使っていいんでしょうか？」

千花はリビングの隅に置いてあるパソコンを指さす。

「もちろん。ネットにも繋《つな》がっているよ。共用のパソコンだから、パスワードや暗証番号の管理には気をつけてね」

新聞から目を離さずに翔太が答える。

千花はクラシカルなアールデコ調のイスに腰掛ける。腰をすっぽりと包み込むように座り心地がいい。

イスは高価そうなのに、対するパソコンを乗せている机は廃校から引き取ってきたように傷だらけだ。

パソコンの電源を入れてインターネットに繋ぐ。

よかった、わざわざインターネットカフェに行ったりしなくてすむ、と思いながら転職サイトにアクセスした。

東京行きを心に決めたときに登録したもので、ネット上で作成した履歴書をめぼしい企業に送ることができる。千花は十数件の求人に応募していた。

マイページの返信欄を開けると、履歴書を送った企業から返信が来ていた。

上から順にクリックする。

クリックするごとに、千花の心は重くなっていった。

すべて不採用の返事だった。

書類選考で弾《はじ》かれたのだ。

特別な資格もなし、職歴も地元の小さな会社で雑用をしていただけでアピールできるものはない。

就職活動は想像以上に難航しそうだ。

胸の奥が萎《しぼ》んでいく。

ブイヤベースに勇気づけられ、大丈夫と気持ちを鼓舞したのが遠い昔のような気がしてきた。

地元には帰れない。帰ったところで居場所はない。

就職活動は続けるにしても、それまでただ貯金を切り崩していくのでは不安が増すばかり。そもそも貯金だってたいしてないのだ。

就職活動に支障をきたさない、日時の融通がきく日雇いのバイトも探したほうがいいかもしれない。

「観光の下調べ？　そっちの本棚にあるガイドブックは旅行者が置いていったものだから自由に使っていいよ」

本棚を見ると、Japan、Japon、Giappone、Япония と様々な言葉で書かれたガイドブックの中に、日本語のものも混じっている。

翔太は千花が東京観光に来たと思っている。千花はホッとしながらも、後ろめたさを感じる。嘘《うそ》をついているわけではない。相手が勝手に勘違いしているだけだ。でも、なんとなく後ろめたい。

「オハヨーゴザイマス」

クオンが元気いっぱいにリビングにやって来た。

「おはよう」

「おはようございます」

翔太に続いて千花も挨拶《あいさつ》すると、クオンが満面の笑みを浮かべながら近づいてきた。

「よかった千花いたデス。これお近づきのしるしデス」

クオンが持っていたポストカードを差し出す。

お近づきのしるしなんて、日本語だけじゃなくて日本文化にもずいぶん慣れているんだと、千花は軽く驚きながらポストカードを受け取る。

抜けるような青空の下に広がる田園風景の写真。

青と緑でほとんどを埋める写真の中に、小さく人が写っている。時代劇でよく見る菅笠《すげがさ》のようなものを被《かぶ》った人たちが緑の中にポツンと佇《たたず》んでいる。

千花は郷里の風景を思い出し、心が震える。追い打ちをかけるようにクオンが言う。

「ベトナムも稲作が盛ん。日本に似てますね。千花は家族に手紙書いたデスか？　まだなら、このポストカードで書くといいデス」

「えっ」

家族……親に？

一応、親に無事東京に着いたことだけは携帯電話からメールした。それに対してわかったとだけ短い返事が来た。

わすれな荘の住所や電話番号は教えていないが、携帯電話があるのだから問題はない。どんなところに泊まったのか興味があるなら、携帯に連絡してくればいい。

そして、コール音は一度も鳴ってない。

クオンの顔を見ると、ブイヤベースの時にも見た、褒めてもらえることを期待しているキラキラした目をしている。

「す……すごくきれいな風景。ベトナムに行ってみたいな」

風景は確かに美しいが、今の千花には素直に感動できる心の余裕がない。それでもお世辞のように感想を伝えれば、クオンが破顔する。

「そうデスか。千花、ベトナムに行くときは教えて。ベトナムのいい情報いくらでも教えます。ワタシがベトナムにいる時なら、案内するデス」

手放しで喜ぶクオンを見ていると、近所の家で飼っていた犬のポン太を思い出し、ほんの少しだけ千花の心が軽くなる。

外国で自分の国を褒められたら、誰だって嬉《うれ》しいのかもしれない。

クオンは喜びにしっぽをブンブンと左右に大きく振る犬のようなはしゃぎようだ。

「千花、朝ご飯はすみました？　まだなら、昨日の残りのフランスパンでバインミー作るデス」

「バインミー？」

「ベトナムのサンドウィッチ。千花の分も作るデス」

「そんな、悪いです。私は自分で何か買ってきますから」

千花は立ち上がる。昨日の夕ご飯も作ってもらったのに、朝食まで作ってもらうなんて申し訳なさ過ぎる。

「ワタシは料理得意。日本に来てずっと厨房《ちゅうぼう》でアルバイトしてます。本当は日本語の勉強に接客をしたかったデス。でも、まだ未熟で厨房になった。皿洗いから下ごしらえまで色々しました。最初はベトナム料理店で。次は紹介でフランス料理店で。ご存じかもしれませんが、ベトナムはフランス領だったことがあるので、フランス料理は身近。ベトナムには安くて美味《おい》しいフランス料理店がいっぱいある。いろんな料理を覚えたデス。昨日のブイヤベースもアルバイト先で覚えたデス」

「日本語だけでなく料理まで、クオンさんスゴイですね」

「いいえ、それほどでもデス」

クオンが嬉しそうに謙遜《けんそん》してみせる。

「手伝います」

クオンについて台所に入る。背後から僕の分もお願いと翔太の声がかかる。

「冷蔵庫の中で、名前の書いていないものは使っていいルール。誰かに食べられたくなければ名前を大きく書いておくデス。マジックはここにあります」

冷蔵庫を開けながらクオンが教えてくれる。業務用の大きな冷蔵庫には調味料から野菜、肉、デザートなどが無造作に入っている。長期滞在者向けの宿なので、意外と自炊する人が多いのだろうか。

昨夜のブイヤベースが入った二つのスープ皿には、ラップの上にマジックで「toオーナー」「toスディール」とそれぞれ名前が書いてあった。隣には千花が持ってきた秋田諸越《もろこし》がラップに包まれて置いてある。

「冷蔵する必要はないのに」

千花は苦笑しながら諸越を冷蔵庫から取り出す。だが、どこに置いたらいいのか迷い、スープの隣に置いておけばまだ会わぬオーナーとスディールにわかりやすいかと結局元に戻した。

「ベトナムのパンはもう少し柔らかいデス」

クオンが手際よく一本のフランスパンを三等分にして横に切れ目を入れ、トースターに入れる。

手伝うと言ってもバインミーがどんなものかわからず、千花は手もちぶたさだ。クオンの斜め後ろに立ち、彼が慣れた手つきで軽く焼いたパンにレバーパテを塗り、ハムや作り置きのなますのような酢漬け野菜を挟み込んでいくのを眺める。

ふと、シンクの横に小さなドアがついているのに気がついた。

千花やクオンなら問題ないが、オリバーやヤンなら体を横にして頭を低くしないと出入りできない大きさ。

倉庫？　それとも勝手口？

千花はクオンのそばを離れてドアをそっと開ける。冬のひんやりとした空気が台所に流れ込む。頭を突き出して左右を見る。庭、というには小さすぎるスペースに自転車が一台と、その横に黒い布を被せた何か。一時的なゴミ置き場にしているのだろうかと思ったとき、黒い布が動いた。

目を瞠《みは》ると、黒い布から汚れた人間の顔が現れた。

「キャーーーー！」

千花の悲鳴にクオンが持っていたパンを放《ほう》り投げるように置き駆け寄る。少し遅れて翔太もやって来た。

「だ、だ、誰！」

　上擦った声で黒い布、ではなく黒いコートを着てうずくまっている男に問う。コートも顔も汚れていて、なんだか異臭が漂う。伸びた髪と髭《ひげ》。

　ホームレスが敷地内で寝ている。そう千花が確信したとき、背後からクオンと翔太の声がハモった。

「「オーナー！」」

「え？」

　振り返れば呆《あき》れ顔の翔太と笑っているクオンの顔が近い。

「おー、ただいま」

　ヘラヘラと笑いながらホームレス、に見えたオーナーがどっこいしょっと立ち上がる。

「あれだけ酔ってもちゃんと家に帰れたのか。俺の帰巣本能すごいだろー」

「オーナー臭いデス」

「またホームレスと酒盛りしていたんだ」

　台所に入ってきたオーナーからは酒のにおいだけでなく、なんとも形容しがたいすえた臭《にお》いがした。

「臭いデス。本当に臭いデス」

クオンが鼻をつまむ。

「クオン、しっこい。そんなに繰り返さなくても――」

「はいはい、さっさとシャワー浴びてください」

慣れているのか、翔太がオーナーの腕を取り台所から連れ出していくのを見送って、千花は恐る恐るクオンに声をかける。

「あの……いまの人って」

「わすれな荘のオーナーデス。翔太が仕事を全部しているので、いつも外でお酒飲んでいるデス。こめつぶし、じゃない。ひまつぶし。ひつまぶし」

「ごくつぶし？」

「そう、それ。正解デス。こりゃ、一本取られたね」

クオンが自分の頭を小突く。

千花は初めて目にしたバインミーをまじまじと見つめる。たっぷりの野菜とハムが挟まった、見るからにヘルシーなサンドウィッチだ。

クオンのバインミーだけちょっと形が崩れているのは、千花の悲鳴を聞いて皿の上に落としてしまったからだ。

「これかけて食べるデス」

クオンが持ってきた小さな瓶を開けると、千花には懐かしいツンとしたにおいがした。

「これはニョクマム、デス」

不思議そうな顔をした千花にクオンが説明する。

「タイ語ではナンプラー。日本人にはナンプラーのほうが有名デスね。魚醤《ぎょしょう》のことデス」

クオンがフランスパンを開いて、野菜の上にニョクマムを豪快にかけた。サンドウィッチに魚醤！

フランスパンでサンドウィッチを作るのは珍しくないが、具材がなますに魚醤というのは初めてだ。

千花は飛び上がるほど動揺するが、笑顔でクオンにニョクマムを渡され、少しためらった後、数滴野菜の上に落とした。

「い、いただきます」

思い切ってバインミーにかぶりつく。

柔らかいパンの次にサクサクとした大根とニンジンの食感が気持ちいい。酢漬けの野菜はほんのりとした酸味と甘みを持って、ヘルシーという言葉がピッタリのさっぱりとした味が口に広がる。

パンに魚醤なんて組み合わせは信じられなかったけど、独特の風味がレバーのパテとハムの味を引き立てている。

「美味しい」

千花の素直な感想に、クオンが破顔する。

「バインミーは街のどこにでも売ってます。お店とか小さな屋台とかで。朝食によく食べます。レバーペーストかバターを塗って、野菜の酢漬けとニョクマムを入れるのは基本デス。あとパクチーを入れますね。日本ではパクチーあまり売ってないし、値段が高いので省略デス。今回はハムを入れましたけど、スモークサーモンやソーセージ、サラミ、焼き豚など、お店によってアレンジは色々。好きなもの挟みます」

野菜たっぷりのバインミーを夢中でほおばっていると、頭にタオルを乗せた男がリビングに入ってきた。

「あーさっぱりした。一週間ぶりのシャワーは身に染みるなあ。アルコールもほどよく抜けた」

千花が顔を上げると、先ほどのホームレスと同一人物とは思えない男がいた。長袖《ながそで》のTシャツと緩いコットンパンツに着替え、髭を剃《そ》って肩まで伸びた髪を結わえている男は独特の存在感があった。オリバーやヤンに比べれば負けてしまうが、日本人にしては体格がよく、精悍《せいかん》な顔をしている。ナイスミドルというには少し若いが、きちんとスーツを着たらそれなりのクリエイターとか音楽家に見えないこともない。

翔太が最後のバインミーの一口を飲み込んで男に苦言を呈す。

「飲んだくれようが、一週間帰ってきまいが構わないけど、お客さんを怖がらせないでくださいよ。なんであんなところで寝ているんですか」

「ははは。ごめん、翔太くん。あまりに酔っていて、裏口からこっそり帰ろうとしたんだと思うよ。覚えていないけどね」

　男が千花の隣にしゃがみ込み手を差し出す。

「オーナーの橋島大樹《はしじまだいき》です。ようこそ、ゲストハウス・ブリッジアイランドへ」

　バインミーを皿に戻そうとした千花の動きが止まる。

「ブリッジアイランド？」

　翔太がアチャーという顔をして言い訳する。

「正式名称は橋島さんの名前を取った『ゲストハウス・ブリッジアイランド』なんだけど、日韓ワールドカップの時に興奮したサポーターに看板を壊されてね。そしたら玄関先に置いてある、わすれな草の大きな鉢が看板代わりになっちゃったんだよ。大きなプランタータグに『わすれな草』って、書いているでしょ。あれを外国人客が『わすれな荘』って間違って読んじゃってね。それが口コミで広がっちゃったんだ」

　千花は呆然と口を開ける。持っていたバインミーからはみ出た大根がポロリと皿に落ちた。日韓ワールドカップといえば、もう十年以上も前の話だ。つまり十年以上放《ほう》って置いたということか。

驚き呆れる千花をよそに、橋島はいつの間にか持ってきた昨夜のブイヤベースを口にしながら、当時をのんびりと懐かしむ。

「いやー、サポーターのテンションを舐《な》めていたね～。どの国のサポーターも、勝っても負けてもテンションMAXで、約一ヶ月毎日がお祭り騒ぎだった。懐かしいなぁ」

「看板を直そうとは思わないんですか？」

なんていいかげんなんだろうと、脱力ぎみの声で千花が尋ねる。

「特に不便はないし、うちは口コミでやってくる客が多い小さな宿泊所だしね」

答えながら橋島は、なぜかじーっと千花の顔を見つめる。気を悪くしたのだろうか。

「あっ。思い出した」

橋島が目を大きくする。

「なんかどっかで会ったことある気がすると思ったら、昨日いろは会商店街を歩いてたお嬢ちゃんじゃない。薬局は見つかった？」

今度は千花が目を見開く。

ほとんどシャッターが降りていた商店街の、店と店の隙間《すきま》から千花に声をかけたホームレス！　が、まさかオーナー！　確かに汚い黒いコート、肩まで伸びた髪、覚えがあった。

「すごく悲愴《ひそう》な顔をしていたから、予定外に始まっちゃって困っているのかと」

「は？」

「旅行とか環境が変わるといきなり始まることがあるんだろ。女性は大変だよね」

「え、えと……ええっ！」

意味がわかった瞬間、千花の頬が熱くなる。

そんなふうに見られていたなんて！　しかも、他にも男性がいる場で口にするものじゃない。

「ちゃんとドラッグストアまで連れて行ってあげようと声をかけたのに――」

千花はまだ一口分残っているバインミーの皿と、すでにパンくずしか残っていないクオンと翔太の皿を乱暴に集めて立ち上がり、そのまま台所に駆け込んだ。

視界の端にちらりと驚いた表情のクオンと、何か言いたげに困った顔をした翔太が見えたが無視した。

残った一口をやけ食いのように口に押し込めて、三枚の皿とクオンが使った調理道具を洗う。跳ねる水しぶきとガチャガチャと食器のふれあう音。

なんてデリカシーのない！

共同生活といっても、自分は一応客なのに！

十分後、千花はコンビニエンスストアで手に入れた無料のアルバイト情報誌を片手に、寒空の下を彷徨《さまよ》っていた。

ように出てきた。


デリカシーのないオーナーのいるゲストハウスにいたくなくて、コートを羽織り逃げるように出てきた。

出たのはいいが、どこに向かえばいいのかわからない。

外出する予定ではあった。観光に来たと思われているのに、一日中部屋に閉じこもっているのは不自然だし、東京の街にも慣れておきたかった。

ちゃんと準備して、ガイドブックを借りて、ゲストハウスのホテルカードを持って出るつもりだったのだが、リビングにまだオーナーと翔太がいたので挨拶もせず横切ってきたのだ。

ズンズンと効果音が出るぐらい大股《おおまた》で冬の空気を切っていくと、少しずつ心が落ち着いてきた。

「徒歩圏内に何軒もコンビニエンスストアがあるのはさすが都会」

手に持った雑誌に視線を落としながら一人ごちる。千花の地元には徒歩で行ける距離にコンビニはない。雪が積もったら車でも行けない。

朝の通勤通学の時間帯を抜けると、付近は最初に駅を出たときと同じ、建物の多さに比較して人気《ひとけ》のないどこか寂しいような無機的な印象があった。

求人雑誌でも眺めて時間をつぶそうとカフェかファミレス、ファストフード店を探してどんどん歩いて行くが、小さな商店や居酒屋、ビルはあるもののなかなか手軽な値段で長居できそうな店がない。

自分はどっちに向かって歩いているのだろう。

駅から伸びる大通りを、駅と反対方向に真《ま》っ直《す》ぐ歩いてきた。うろ覚えな感覚で、方向的には浅草だと思うのだが、街はちっとも賑《にぎ》わいを見せない。

方向がずれているのか、思いの外遠いのか。

ようやく喫茶店を見つけて、千花は暖かい店内でホッと息をつく。

ミルクをたっぷりと入れたコーヒーを飲みながら求人雑誌を捲《めく》る。求人数の多さはもちろん、いろいろな職種があるのに驚く。

それでも求める条件や、自分ができそうなものなどを絞っていくと、なかなかピンとくるものがない。勤務地が変わるイベントスタッフなどは、東京の地理がわからない千花は躊躇《ちゅうちょ》してしまう。

求人情報とにらめっこしながら二時間ちょっと経《た》った頃、喫茶店が混んできて昼食の時間になったと気づく。コーヒー一杯でずいぶん長居してしまったと、慌てて会計をして外に出た。しかし、出たところで行くあてはない。

昼食はどうしようと考えながら、しかたなくさらに大通りを進んで行くと少しずつ街が賑わってきた。浅草が近いのかも、と千花の足取りが速くなる。雑誌を脇に抱えて、キョロキョロと周りに目を向けながら歩いて行く。

視界の中に鮮やかな水色のマフラーが見えた。クリーム色のコートとの組み合わせは、個性的で嫌でも目を惹《ひ》きつけられる。

オシャレな人だな、と顔を見て思わず声が出た。

「歌穂さん！」

もしよかったら一緒に昼食でも、と期待を込めて反対車線の歩道を歩く歌穂に手を振る。

名前に反応し、歌穂が千花の方を向く。

目が合った。

合ったというより、睨《にら》まれた？

歌穂が眉間《みけん》にしわを寄せて、千花をじっと見つめている。表情の険しさに、千花の挙げた手が中途半端に宙で止まる。

歌穂はフイっと目を逸《そ》らし、そのまま早足で遠ざかっていく。

無視された？

人が往来する大通りで大きな声で名前を呼びかけたから？

都会ではみっともないことなのだろうか？

それとも気づかないうちに、なにか怒らせることをしたのか？

でも、昨夜は打ち解けたいい雰囲気のままだったし、今日は一度も顔を合わせていない。

橋島のことといい、歌穂のことといい、なんだか今日は厄日だ。

結局、千花は浅草までは行かず、歌穂を見掛けた近くのファストフード店で昼食を取り、スーパーマーケットでカップ麺《めん》やパン、飲み物を買ってゲストハウスに戻った。

階段に鎮座する鉢植えたちが千花を迎えるが、どれもこれもなんだか元気がなさそうに見える。看板代わりのわすれな草も、寒さに震えているようだ。

重い気持ちのまま玄関ドアを開けると、パソコンの前に座っていたクオンが振り返った。

「おかえりなさいデス」

「た、ただいま」

橋島がいなくてホッとする。

「パソコン使いますか？」

「ううん。使わない」

「そうデスか」

クオンがパソコンに向き直る。

今日はもう部屋で履歴書を書いて過ごそうと、千花はぐったりした足取りでリビングを横切る。

「あ、千花」

クオンが呼び止める。

「両親に手紙書くデスか？　もう、書いて出して来たデスか？」

千花は唖然《あぜん》とする。今朝もらったばかりなのに。

ニコニコと満面の笑みを浮かべたクオンに悪気はない。単純に自分のプレゼントを使ってくれているか聞きたいだけだろう。

「ま、まだ」

「明日書くデスか？　早く元気なお知らせ伝えるといいデス。お父さんとお母さん、喜びます」

千花は階段を駆け上がり、自分の部屋に飛び込んだ。

クオンの無邪気な笑顔に、胸の奥から苦くて重い物がこみあげてくる。

千花は上半身を起こして唇を噛《か》む。

クオンは……悪くない。新参者の千花に親しく話しかけてくれた。名前をきれいと褒めてくれた。元気のない千花を心配してくれたし、今朝だって朝食を作ってくれた。

東京に来て、恋人と思っていた男の不実を知り、不安に固まっていた心を溶かしてくれた。

八つ当たりしているだけだ。

応募した会社は全部落ちていたし、めぼしいバイトは見つからないし。

なによりもクオンが信じている、きっと親が喜ぶということがありえないのが辛《つら》いのだ。

東京に着いた初日、携帯電話から無事東京に着き住居や仕事が決まったらまた連絡すると、事務連絡のように簡潔なメールを出した。

それに対して、わかったとさらに簡潔なメールが母親から送られてきただけ。

困ったら帰っておいで、なんて言葉は期待していなかったけれど。

クオンはきっと家族と仲がよく、遠く離れているほどに、家族への想《おも》いは募るのだろう。

歌穂に無視されたことを考える。

もしかしたら、千花がクオンのことを距離が近すぎて煩わしいと感じたように、歌穂も千花のことを煩わしく思ったのかも。

神戸《とかい》出身の彼女からしたら、千花の距離は近すぎたのかもしれない。都会の人間関係は、ある程度距離を取ることが礼儀だと誰かが言っていた気がする。過干渉《パーソナルスペース》に気をつけて、と。

昨日会ったばかりの歌穂に大通りで声をかけたことを、馴《な》れ馴《な》れしいと嫌われたのかも。

千花は深くため息をついた。

ずっと秋田の田舎に住んでいた自分は、東京《ここ》で他人との距離がうまくとれないようだ。

金銭的には不安だけれど、安いビジネスホテルに移ったほうがいいかもしれない。

荷物をまとめようと立ち上がったとき、ドアをノックする音がした。

「翔太です。今、いいかな？」

五秒ほど躊躇《ためら》ってから、千花はゆっくりとドアを開け、目を剝《む》いた。

廊下に橋島と翔太が正座していた。

「ごめんね、千花ちゃん。今朝、何も言わずに外出してしまったのは橋島さんが原因なんでしょ。本当にデリカシーのないおじさんでごめんね」

翔太が橋島の後頭部に手を添えて無理矢理床に押しつける。

「えー、だって、キャリーバッグ持っていかにも旅行者って感じの若い女性が困っていたら声をかけなきゃって」

「言い訳しない！」

「申し訳ございませんでした。以後、気をつけます」

橋島が廊下に手をつき謝罪する。

二十代の翔太が、四十過ぎの橋島の頭を押さえて力任せに下げさせる。

まるで逆だ。なんだかコントを見ているみたいで可笑《おか》しくなってきた。

勝手な想像とはいえ、不安で具合の悪そうに見えた千花に声をかけてくれたのだ。

都会の人は冷たいとよく聞くけれど、そんなことはない。ちゃんと声をかけてくれる人がいる。

とは言え、ホームレスに混じって、本人もそんな格好で女性に声をかけたら、相手に恐怖を与えるということも十分考慮して欲しい。

「本当にすみませんでした」

「ごめんなさい」

橋島とともに頭を下げる翔太。

東京に住む人が皆冷たいわけでも、温かいわけでもない。

だけど、少なくともわすれな荘のこの二人は温かい。

橋島だけでなく、翔太もそうだ。転んで道に荷物をぶちまけた千花を助けてくれた。

「もういいです。私も大人げなかったです」

肩の力を抜く音が聞こえるほど、廊下に座った二人の表情が緩んだ。

「ありがとう」

礼を言ってゆっくりと立ち上がる翔太を、橋島が見上げながら口を開く。

「あの……仲直りついでに言っていい？」

「なにを？」

「俺が勝手口で倒れていた理由」

「今？　このタイミングで？」

怪訝《けげん》な顔をする翔太に、頬をかきながら橋島が続ける。

「前田《まえだ》さん、覚えている？　お正月に北海道から来た夫婦」

「ああ、アスパラとかジャガイモとか、農家を営んでいるご夫婦ですよね」

「そうそう。いろいろ観光に付き合ってくれたお礼にって、畑でとれたジャガイモを一箱送ってくれたんだ。箱がおっきかったから台所に置いたら邪魔かと思って、外の物置に入れておいたのを思い出して。でも、物置から出す前に酔って寝ちゃったけど。へへへ」

「……それ、いつの話？」

「確か……成人式の日あたりだったと思う」

翔太と千花が目を合わせた。一ヶ月以上も前だ。

「ジャガイモを救え！」

翔太が駆け出し、釣られて千花もついていく。

翔太が勝手口から外に出て、物置の扉を開く。箒《ほうき》やちり取りに混じって段ボール箱がちょこんと鎮座していた。

「何かあったデスか？」

二人が台所に飛び込んでいったのに気付いたクオンがのんびりとやって来た。

段ボール箱を抱えて台所に戻ってきた翔太がガムテープを剝《は》がして箱を開くと、ぎっしりとジャガイモが詰まっていた。

「芽だ」

「芽ですね」

「芽デス」

「わかってるよ！」

橋島が逆ギレして声を荒らげる。

「芽を取り除けば食べられるだろうが！」

「食べられるけど、この量だよ。それこそ、ここ二、三日で消費できる？」

「茹《ゆ》でジャガを主食に、ポテトサラダとフライドポテトとジャーマンポテトをおかずに食べればいいんじゃない？」

そんなことができるかという翔太の冷たい視線を浴びた橋島は、一瞬怯《ひる》んだ表情を見せたが、すぐに笑顔に戻る。

「よしっ。今日はジャガイモパーティだ！」

「なんデス、それは？」

クオンが首を捻《ひね》れば、橋島がさも素晴らしいことを思いついたかのように胸を反らす。

「みんながそれぞれジャガイモ料理を作ってパーティしよう。いろんな料理があれば、ジャガイモだらけでも楽しめるんじゃない？」

「はあ？」

翔太が思いきり非難の目を橋島に向ける。が、橋島は開き直った。

「ジャガイモをバカにするな。ジャガイモは世界の飢饉《ききん》を救った食べ物だ」

痩《や》せた土地、寒冷地など、条件の悪いところでも育つジャガイモは、いろいろな国で飢饉から人々を救った。

十九世紀ヨーロッパに流行《はや》ったジャガイモの疫病では、百万人以上ともいわれる多数の餓死者を出した。世に言うジャガイモ飢饉である。それほどジャガイモは人々の食、命を支えていたのだ。

「そして、今、俺をも救う。な、クオン」

橋島が期待を込めてクオンの肩を叩《たた》く。

「ワタシはこれからアルバイト。だから今夜は遅くなるデス」

「な……主戦力がいない……だと」

橋島があからさまに動揺し、よろけて流し台に寄りかかる。

「ははは。オーナー、一本とられたデスか？　がんばってください。食べ物を無駄にすると、もったいないオバケが出るデス」

「もったいないオバケまで知っているとは、かなり日本通になっているな、お主」

クオンはもう一度みんなに向かってガンバレと手を振って、アルバイトに行ってしまった。

残された三人は段ボール箱一杯のジャガイモを呆然と見下ろす。

「どうしよう、翔太くん」

「どうしようって、食べるしかないでしょ。何でもっと早く思い出さなかったの。一ヶ月以上も忘れているって、前田さんにも失礼でしょ。こんなに芽が出ていたら、味だって落ちているよ」

翔太に怒られて叱《しか》られて、橋島がシュンとしょげる。

「あ、あの、私も手伝います。その、たいした料理はできませんけど」

「壁坂さん、やさしい。それなのに……」

橋島は千花に笑顔を向け、それから当てつけるように恨みがましい目を翔太に向ける。

「いいかげんにしろ、おっさん」

翔太が射殺すような冷ややかな目をすると、橋島はヒッと息を飲んで千花の後ろに隠れようとする。

「Hallo, bin zu Hause!《ただいま》」

「ただいま!」

玄関でドイツ語と日本語がハモった。

「そうだ！　ジャガイモの専門家がいたじゃないか」

橋島がパンと手を叩けば、翔太が呆れたように訂正する。

「ドイツ人はジャガイモの専門家じゃないよ」

リビングに入ってきたオリバーとヤンを、橋島は両腕を広げて迎える。

「よお、お二人さん！　待っていたよ。今日はジャガイモパーティ。ジャガイモでいろいろな料理を作るイベントだ。ぜひ、二人にも参加して欲しい」

オリバーが眉を顰《ひそ》めて言う。

「ドイツ人は、イモとソーセージばかり食べていると思っているね。その通り！　一昔前は、ジャガイモでフルコース作れなければ嫁にいけないという言葉まであったほど」

「そりゃよかった。ドイツの芋料理、期待している」

オリバーとヤンはお互いに目配せして言った。

「フライドポテトでいい？」

「ベイクドポテトでいい？」

橋島があんぐりと口を開ける。

「それってただ揚げるだけと、焼くだけじゃねーか」

「ドイツ人、普段は手のこんだ料理、作らない」

「フライドポテトにベイクドポテトじゃ、すぐに飽《あ》きるね。そんなに量も食べられないよ」

翔太が苦笑する。

「じゃあ、ジャガイモの冷製スープ《ビシソワーズ》とか？」

「この真冬に？」

橋島の提案を翔太が一蹴《いっしゅう》する。

「とりあえず調理してしまえば日持ちするんじゃないですか？　たとえば――」

千花の提案に四人の男たちが感嘆の相づちを打った。

方針が決まればあとは手分けして、段ボール箱いっぱいのジャガイモと格闘するのみだ。

「まずは芽を取り除かないと」

「芽だけでなく、緑色になったところもソラニン類という食中毒の原因になる物質が多く含まれているから皮を厚く切って」

「一人二十個ぐらいかな」

台所に五人はさすがに狭いので、リビングに新聞紙を敷いて各々ジャガイモの芽をくり抜き始める。

ある程度芽を取り除いた芋が溜《た》まったら鍋で茹でる。茹であがった芋はすり潰《つぶ》し、片栗粉を混ぜて一口大に丸めていく。

とりたてて難しいことはなにもないが、数が数なだけに料理と言うよりも、まさに作業といった感じで進んで行く。

そのうち皮を剝く係、片栗粉を混ぜてこねる係、丸めて団子にする係に自然と分かれ、五人はたわいもない話をしながら単純作業をこなしていく。

ヤンが最後のジャガイモの芽を取り除き、三回目の鍋に火がつけられた時、玄関のドアが開いた。

「あー、歌穂ちゃんお帰り」

ドアの正面を向いて座っていた橋島がいち早く顔を上げて声をかけた。

同時にオリバーの顔が一瞬強張《こわば》った。

千花は昼間無視されたことを思い出し、おかえりなさいと声をかけるのを躊躇っていると、先に歌穂が口を開いた。

「なにやってんの？」

疑問というよりも、呆れたような冷ややかな口調で尋ねられる。

確かに、この光景は不思議だ。

玄関を開けたら大の大人が五人、しかもうち二人は大男という面々がリビングに集まって、団子をひたすらこねているシュールな光景が見えたら千花でも同じ反応をするだろう。

「よかった歌穂ちゃんも帰ってきてくれて。ちょっと手伝ってよ」

「はあ⁉」

歌穂が思いきり嫌そうな顔をする。オリバーも複雑そうな表情でボウルの中のジャガイモを潰《つぶ》す。

「今、ジャガイモ団子を作っているんだ。ちょっと訳あって消費期限ギリギリのジャガイモが段ボール箱一個分あってね。そんで今夜はジャガイモパーティ」

「意味わかんない。それに料理好きやないし」

歌穂がすげなく断る。が、橋島はめげない。

「ジャガイモを丸めるだけでいいから。粘土遊びみたいで面白いよ」

粘土遊びを面白がる年齢じゃあるまいし、と歌穂は口の中で呟《つぶや》きながらも気怠《けだる》そうに台所で手を洗ってきて千花の隣に座った。

すり潰したジャガイモのペースト的なものを、見よう見まねで一口サイズに丸めて団子にしていく。

「なにこれ？　ニョッキ、とはちょっと違う？」

「ジャガイモ団子。千花ちゃんのアイデア。片栗粉入れたの。ニョッキも作るよ。ニョッキは片栗じゃなくて小麦を入れるね。なにしろジャガイモはたっぷりあるから。どんどん作るよ」

歌うように説明する橋島は、心の底から団子作りをエンジョイしているようだ。

「ねえ、オタクな男って最低じゃない」

「は？」

突然、歌穂に話を振られた千花は、丸めていた団子をテーブルの上に落としてしまった。楕円《だえん》形に潰れた団子を拾い上げ、形を修正しながらどう答えるべきか焦り、言葉を探す。

「え、えと……」

千花が戸惑っていると、今度はオリバーが隣のヤンにこそっと、でもみんなに聞こえるように内緒話をする。

「約束をすっぽかして、突然いなくなる、ひどいよね」

「Was《なに》?」

歌穂が強張るのが空気を通して千花に伝わる。

「先に破ったのはそっちなのにね」

歌穂に同意を求められるように言われても、千花にはまったく話が見えない。

「人のせいにする、ひどいね」

オリバーがヤンを通して歌穂に言う。

二人の間になにかあったのだ、ということだけは理解できる。リビングの空気を重く感じる。

「で、オタクって最低だよね。イベント見つけたら、相手そっちのけでのめり込んで約束破るって」

再び歌穂が皆に聞こえるように囁く。

なんのことだかわからずに千花は返答に困る。それに大通りで無視されたことはもう気にしなくていいのだろうか。千花に対する歌穂の機嫌が直ったのかもよくわからず、曖昧《あいまい》にうなずいて団子を丸める手に力を込める。

「なに、ケンカ？　朝はデパートのセールに行くってはりきっていたのに」

橋島が歌穂とオリバーを交互に見ながら呑気《のんき》に尋ねるが、二人は当然のように無言で答える。

「まあまあ、美味しいジャガイモ料理でも食べながら仲直りしてよ」

一時間後、ようやくリビングのテーブルいっぱいにジャガイモ料理が並んだ。

中心にあるのは千花が作った鍋《なべ》だ。水菜やネギなどの野菜と一緒にみんなで丸めたジャガイモ団子が浮いている。

「秋田名物、だまっこ鍋です」

千花がみんなに鍋を取り分けながら説明する。

「本当はきりたんぽの原型である、お米を潰して丸めた団子をいれるんですけど、代わりに秋田の地方に伝わるジャガイモ団子を使いました。ジャガイモ団子は豚汁に入れたりお味噌汁《みそしる》に入れたり、いろいろとアレンジがきくので、残ったものは冷蔵庫に入れておきますから好きに使ってください」

だし汁に醤油《しょうゆ》、みりんのシンプルな味付けは、いかにも家庭料理といった飽きのこないホッとする味。

メインの具材であるジャガイモ団子は、片栗粉を混ぜているのでねっとりとした食感で、里芋とも米団子のだまっことも違う不思議な味と食感だ。

だし汁が染みたジャガイモ団子は、噛めばじゅわりと旨味《うまみ》が口の中に広がる。

「美味しい」

「本当」

「Lecker!」

賞賛を受けて、千花はこそばゆい気持ちで小さく笑みをこぼす。

「それにしてもすごいね。ジャガイモでアレンジしちゃうなんて。よく鍋料理を思いついたね。食感がジャガイモと違うから、箸《はし》が進むよ」

翔太が箸でつまんだ団子を眺めながら感嘆する。

だまっこ鍋の他には、タマネギとベーコンのシンプルなジャーマンポテトや、ミックスベジタブルを混ぜたポテトサラダが並ぶ。

ジャガイモの食感をそのまま味わえるそれらと違い、だまっこ鍋の団子は種明かしされないとすぐにジャガイモだとはわからない。

食感が違うと、同じ食材でも飽きずに口に運べる。

「汁物っていうのもいいよね」

重たくなりがちなジャガイモ料理を、だし汁がのどごし柔らかく胃に運んでくれる。

「野菜たっぷりなのもいいね。野菜の甘さも、栄養も取れて」

「冷蔵庫にあったので、いろいろ入れてみました」

「冷蔵庫に残っていた中途半端な量の野菜を消費してくれて助かったよ。ダメにしちゃうと、もったいないオバケが出るからね」

橋島がへらりと笑うと、翔太がニコリと返す。

「危なくジャガイモをダメにするところだったね。千花ちゃんに感謝しないと」

「あ、う、うん」

橋島の頬が引き攣《つ》る。

「こんなに野菜が余っているなんて、みなさん結構自炊しているんですね」

「野菜はだいたい橋島さんがご近所さんからもらったものだよ」

「もらう？」

「近所づきあいっていうかお手伝いの対価。橋島さん、生まれも育ちもずっとここだから、ここらへん一帯の老人たちの息子みたいなもんだよ。この辺も高齢化が進んで、老人世帯が多いからね。家の掃除とか修理とか、いろいろ駆り出されているよ。本業そっちのけで」

「え、だって今は翔太くんがいるしぃ」

雇う側と雇われる側の立場が逆転している。箸を片手に、千花はやや呆れた気持ちで翔太と橋島を交互に見る。

その間にも、大きな鍋の中身がどんどん減っていく。自分の料理を喜んでもらえて、千花の心は照れながら満たされる。

美味しいものを食べている人の表情はみな笑顔で柔らかい。

素朴で心温まる味に、みんなの心が一つに溶け合った。と、思ったのだが——。

「いいねぇ。おいしいもので仲直り」

橋島の一言に、オリバーと歌穂の動きが一瞬止まる。

しまった、という声が空気に見える。

千花の時といい、橋島は余計な一言をつい口にしてしまうタイプだ。

仲違《なかたが》いしていたことを思い出したように、歌穂が尖《とが》った声を出す。

「ケンカなんかしていない。人のこと忘れてイベントに夢中になる失礼な男とは、金輪際一緒に出かけないって言いたいだけ」

「三十分だけ待ってくれって言った。のに、無視していなくなる女とは、二度と一緒に出かけない意思表示」

「待ってたやん。書店で待っているって言ったのに、三十分経っても来なかったんやない」

「聞いていない。待っていて言った。でも、突然いなくなった。途中で気がついてどれだけ心配して探したか。お陰で今日一日潰れた」

「言ったのに聞いていないのが悪いんでしょ」

「周りが騒がしいから聞こえなかったんだ。オレの返事を聞かずに離れたのが悪い」

「はあ？　そもそも今日は新宿に行くって予定なのに、なんで秋葉原で寄り道してんのよ」

「ちょっと寄りたい店があっただけ」

「ならそこに寄って、すぐに新宿に向かうべきや」

千花はどうしようと橋島と翔太に目を向ける。だが翔太はあとはよろしく、と言うように橋島の肩を叩いて、さりげなく立ち上がると台所に行ってしまった。

自分も台所に避難しようかと他の人を見回す。

橋島は自分の余計な一言が原因というのに、我関せずという態度で鍋を突《つつ》き、ポテトサラダやジャーマンポテトなど、他の料理も積極的に口に運んでいる。ヤンも同様、ジャガイモ団子が気に入ったらしく、野菜をのけて団子ばかりを取り皿にすくう。

「聞いていない！」

「言った！」

言った、言わないの応酬は、水掛け論でどちらが正しいなんてわからない。

ただ空気が湿って重くなるだけ。

「どう思う？」

オリバーはヤンに、歌穂は千花に同意を求める。

「え、えっと……」

千花がなにも言えずに狼狽《うろた》えていると、ジャガイモ団子を嚥下《えんか》したヤンが独り言のようにボソリと呟く。

「なにかに夢中になっていると、気づかないこともある」

「「は?」」

オリバーと歌穂が眉根を寄せる。

「二人とも話に夢中で、声をかけたのに、オレを置いてさっさと行ってしまった」

「「は?」」

ヤンはポケットからピカチュウのキーホルダーを取りだして、二人に見せる。

愛らしい黄色のキャラクターが、つぶらな瞳《ひとみ》で二人を見返す。

「ポケモングッズ二十パーセントOFFを見つけて、十分ほど待って欲しいと言った。だけど、二人は気づかず進んだ。でも、オレも気づかずに店に入った」

ヤンが箸でジャガイモ団子を突きながら続ける。

「オレも探した。二人を。その頃、二人はイベントを見ていたんだ。オレがいなかったこと、気づいた?」

オリバーと歌穂が絶句している。

「何度もオリバーと歌穂にメールした。電話もした。でも気づいてくれなかった」

オリバーと歌穂がポケットから携帯電話を取りだして着信履歴を確認する。

「このときは歌穂を探していて、ヤンも一緒に探していると思った」

「てっきりイベントに夢中になっているんだと」

ヤンは箸に団子を刺して首を振る。

「オリバー。オレを思い出したのは三時間も後のこと」

「えっ……」

オリバーが焦る。

「こ、こっちは歌穂を探すので精一杯で。歌穂がメールにも電話にもでないから」

「うちのせいにしないでよ！　約束を忘れてイベントに夢中になっているやつのメールや電話に出る義理はないわ」

ヤンの存在を忘れていた罪悪感をなすりつけるように、オリバーと歌穂が言い争う。

いなくなったことにさえ気づいてもらえなかった、ヤンが地味に一番かわいそうだ。

千花は同情をこめて黙々とジャガイモ団子を口に運ぶヤンに視線を移す。

なんとも言えない沈黙が落ちた。

それを破ったのは香ばしい油のにおいと翔太の声だった。

「はい、フライドポテトが揚がったよ」

たった今揚がったばかりのフライドポテトを持って、翔太がリビングに帰ってくる。

オリバーの顔が輝く。

「やっぱりポテトはこれでしょ」

揚げた油のにおいが香ばしい。

「フライドポテトは揚げたてが一番美味しいからね」

橋島がすぐに手を伸ばし、アツアツといいながら口に放り込む。

「あつっ。うまい！」

千花も火傷《やけど》に気をつけながら、揚げたてのフライドポテトを口に入れる。

ただ細長く切って揚げて塩を振っただけのジャガイモが、ホクホクとしてとても美味しい。芽が出てしまっても、北海道の広大な大地で育ったジャガイモは、ほんのりとした甘みをもって口の中になんともいえない優しい味が広がる。

オリバーがゆっくりとポテトをつまんで咀嚼《そしやく》し嚥下すると、ヤンに向かって情けない表情をする。

「……Verzeihung《ごめん》」

「うちも気づかなくて。しかも、ずっと」

歌穂も小さく頭を下げた。

「いいです。伝えたかっただけ。わかってくれれば、いいです」

ヤンも熱いポテトをほおばる。

「歌穂にもごめん」

「うん。うちも悪かった」

オリバーと歌穂が気まずそうに言葉を交わす。

「今度こそ仲直りだね」

橋島が自分の手柄のように満面の笑みを浮かべる。

「いいね。美味しいものを食べて、心の内を明かして、さらに友情を深める。ジャガイモ万歳」

「新鮮ならもっと美味しかっただろうね」

チクリと翔太が嫌味を言う。

「……仲直り。仲直りだから、翔太くん」

橋島が困った顔をして、誤魔化《ごまか》すようにフライドポテトを口に放り込む。その姿に溜飲を下げたのか、翔太が力なく笑う。

「僕も言いたいこと言ったので、これで終わり。次からは、ちゃんと逐一報告してくださいね」

「はいはい」

やっぱり立場が逆転している。

ジャガイモパーティは宴もたけなわ、一緒に揚げたコロッケや、ポテトサラダもきれいになくなっていく。

オリバーとヤンと歌穂の間には、もうわだかまりはない。

日本語と英語とドイツ語が混じった会話で、次々と料理を平らげていく。

橋島と翔太もそうだ。

ちゃんと自分の気持ちを伝えることは大切だ。

我慢して心の中に溜めて澱《おり》になってしまう前に、きちんと相手に伝えることが。

橋島がすぐに謝ってくれなければ、千花は今こうしてリビングでみんなとジャガイモパーティをしていなかった。

「あ、あの」

千花は思い切って歌穂に話しかける。

「今日、お昼ごろ、大通りを歩いていなかった？　私、声をかけたんだけれど、気づかなかったみたい」

確かに目は合った。

歌穂はフライドポテトを咥《くわ》えながら小首を傾《かし》げる。

「やっぱり千花さんやった？」

「え？」

「聞き覚えある声だなとは思ったん。声のした方を向いて、千花さんっぽい人を見つけたんやけど。うち、視力悪いから、自信なくて答えられなくて。オリバーに苛《いら》ついていて、なんか甘い物食べに行きたかったし」

「そ……」

そうだったんだ。千花は脱力する。なんか、無視されたとか、嫌われたとか、色々考えていた自分が馬鹿みたいだ。

「視力は〇・五あるから、メガネがなくても日常生活はわりとできるんやけどね。テレビや映画を見るときとか、遠くのものを見るときしか使わない。コンタクトレンズも持っているけど。気づかずにスルーした時はかんにんね」

悪戯《いたずら》っぽく笑いながら言う。

「わかった。私、大声で名前呼んじゃって、気を悪くしたのかもと」

歌穂が声を出して笑う。

「確かに、街中でいきなり大声で名前を呼ばれるのは恥ずかしかったし、ビックリした」

「ご、ごめんなさい」

近所のひとが皆顔見知りな田舎とは違うのだ。

「ええって」

歌穂が手をヒラヒラと振る。

「それよりこの鍋美味しい。ジャガイモ団子も。フライドポテトもええけど、手の込んだこの団子もええね。自分でこねたってのもあるけど」

ジャガイモはお腹《なか》に溜まる。

大食いドイツ二人組もさすがに腹一杯になったようで、ビールを飲みながらチビチビとフライドポテトをつまんでいるだけになる。

「フライドポテトとコロッケはやっぱ、揚げたてだよね。この美味さをクオンに味わわせてあげたいなぁ。昨日はがんばってくれたのに。だまっこ鍋があるからいいか」

コロッケを口に入れながら橋島が残念そうに肩を落とす。

「そういえばスティールは今夜も帰ってこないみたいだねぇ」

翔太が答える代わりに肩を竦《すく》めた。

「しょーがねぇなあ」

「たぶん。そろそろなんじゃない」

橋島と翔太が秘密を共有するように顔を見合わせる。

千花はまだ会わぬ住人、スティールとはどんな人物なのだろうと、期待とそれ以上の不安を寄せる。

唯一、未《いま》だ顔を合わせていない人物だ。

なんとなくパーティはお開きな雰囲気になる。

ドイツ組と歌穂は、今日行くはずで行けなかった新宿の店をパソコンで調べ始め、千花も座卓から移動して壁に寄りかかり、翔太が入れてくれた食後のお茶を飲む。

まったりとした空気が流れる。

千花と同じくお茶をフーフーしている橋島が、感慨深げに語る。

「みんなでワイワイ言いながら食事できるっていいよね。昔はそんなの想像もつかなかった」

橋島がしんみりと呟く。

「前は一緒に食事とかしなかったんですか？」

素朴な千花の疑問に、橋島がちょっとだけ目を大きくしてから、脱力したように笑う。

「千花ちゃんは秋田県出身だっけ。東京は初めて？」

「中学の修学旅行で一回来ただけです」

「そっか。それに若いもんね。知らないかな。この辺りは山谷《さんや》っていうドヤ街だったんだ。今は山谷っていう地名はないけれど」

「ドヤ街？」

「ドヤは宿《やど》を逆にした言い方。要するに日雇い労働者が集まる安宿エリアってこと。だから今でもこの辺りには、安いホテルや旅館が連なる。といっても、最盛期に比べれば、ずいぶん減ったけれどね」

それで「東京」「安い宿」で検索したら、この辺りの旅館がヒットしたのかと千花は納得する。

「今でこそ労働基準法や監視の目も厳しくなったけど、当時は本当に使い捨ての労働者がここら一帯に集まってきたんだ。履歴書どころか本名さえ必要とされず働く人々。労働者の底辺。そこに行き着く人々はさ、世間から逃げている人が多いんだ。借金取りから、警察から、ヤクザから。だから宿泊客に名前や出身地、過去を聞くのはタブーだった。宿賃を先払いしてもらえれば、面倒ごとを起こさない限り黙って泊める。それがドヤ街のルール。こんなふうに、宿泊客とコミュニケーションをとるなんて考えられなかった」

要するに債務者や犯罪者、ヤクザともめ事を起こすような輩《やから》が集まっていた街、ということだ。千花の声が強張る。

「そ、それってどれぐらい前のお話ですか?」

千花の戦《おのの》きに気づき、橋島が弱ったように笑う。

「バブル景気が弾ける以前、二十年ほど前の話だよ。バブルが弾けてからは日雇いの仕事も極端に減って、かつての日雇い労働者は、今では生活保護者の老人。バブル以降、どんどん宿は減っていって、俺もこの商売そろそろ潮時かなって思ったんだ。それを救ったのが二〇〇二年の日韓ワールドカップ。物価の高い日本で宿泊費を抑えようとした外国人がネットで山谷の存在を知って、こぞって押しかけてきたんだ。まー、看板を壊されるとかいろいろ弊害もあったけど、結果としては安宿を求める外国人バックパッカーや長期滞在者に存在を知ってもらえるようになった。それを機に俺たちも外国人をターゲットにしたってわけ。今ではクチコミで世界に広がり、国内でもだいぶ認知されるようになった。ビジネスマンや受験生、寝るだけの場所があればいいというカプセルホテル代わりの客が来るようになった。だいぶ変わったよ、この街は」

橋島はなにかを懐かしむように、そして少し寂しげに口元に笑みを浮かべた。

「時間があるときにネットで『山谷　ドヤ街』で検索でもかけてみるといいよ。若い女の子はちょっと引いちゃうかも。あ、でも、今はそんなことないんだよ。昔は道ばたで誰かが寝ていても酔っ払っているんだって誰も気にしなかったけど、今はちゃんと救急車を呼んでもらえるから」

千花の表情が固まる。

「あ……」

橋島は千花の顔を見て自分の失敗に気づく。

しばし、沈黙。

千花は座卓でまだフライドポテトを突いているオリバーやヤン、翔太をぼんやりと眺めながら、ふと自嘲《じちょう》の笑みが浮かんだ。

橋島から聞いた日雇い労働者の街が、今の自分の状況には相応《ふさわ》しすぎて。

自分も安宿を求めてここに辿《たど》り着いたのだ。時代は違えど、名前を隠してやってきた労働者とあまり変わらないのではないかと。

「千花ちゃん？」

橋島が弱々しげに笑う千花に怪訝な面持ちで声をかける。

砕けた雰囲気のせいか、美味しいものを食べて満足し心が緩んだせいか、思っていたことがそのまま素直に言葉になった。

「日雇いの街って、今の私にぴったりだなって。今、日払いや週払いのアルバイトを探しているんです」

橋島はぽかんとした表情を浮かべた。

「まさか、家出じゃないよね」

「は？」

今度は千花がぽかんとする。

「家出なんかしていません。しばらく生活する貯金はあります」

「あ、いや、契約書に二十六歳って書いてあったけど、ちょっと若く見えるから。ごめん、少し疑っていた」

喜んでいいのか悪いのか。

「で、日雇いの仕事を探しているってどうして？　東京でやりたいことがあるの？」

「え、それは……」

やりたいこと……千花の心臓がドキンと跳ねる。

一瞬、真っ白いスケッチブックが頭に浮かぶが、すぐに追い払う。

「いえ、本当は長く勤められる……正社員の仕事が希望ですが、とりあえずすぐにお金をもらえるバイトを。バイトをしながら就職活動ができればと思っています。私、たいした学歴も職歴もないので」

「……そう」

橋島がほんの少し首を傾けて千花の瞳をのぞき込む。

心の中を、嘘を見透かされた気がして、顔を逸《そ》らした。

東京でしたいこと……。ない、といったら嘘になる。恋人、と思っていた男に会いに来たのが一番の理由だが、もう一つ、誰にも言えない夢があった。叶《かな》えたいとは思っていない。叶うとはもっと思っていない。

記念受験、みたいなことはしてみたいとは思った。

がんばった思い出ぐらいは欲しいかな、と。

でも、それは今すぐでなくていい。

「日雇いなら、マネキンの仕事とか結構募集しているよ」

「マネキン？」

「スーパーマーケットやデパートの地下階で、試食品を勧めるお仕事。警備員ってのもあるけど、千花ちゃんにはマネキンの方が合うと思うんだけど。それにここからなら、浅草、上野、有楽町のデパートエリアに近いしね」

千花には地理感覚がいまいちつかめないが、浅草という単語に胸が躍る。

「まあ、見つからなければ、この辺りのスーパーマーケットやコンビニに口利こうか?」

翔太から、橋島は生まれも育ちもここだと聞いた。

東京でも、地元のコネは強いのか。

「ありがとうございます。明日、自分でも探してみます。ダメなら、お願いしますね」

「うん」

どこまで頼りになるかわからないが、橋島は力強くうなずいた。

「仕事を探しに来たってことは、長期滞在?」

とりあえず四泊で契約していたことを思い出す。

共同生活に対する不安とか、たった三畳の部屋に対する不満とか、デリカシーのないオーナーだとか、ここを出て行く理由はいろいろある。

「長期滞在ならここを選択するのは悪くないと思うよ。女の子の一人暮らしなら、治安のよいエリアでオートロックのマンションとかが望ましいけど、家賃が結構かかるでしょ。ここなら家族がいるようなもの、誰かがゲストハウスにいるから、一人暮らしよりも楽で安全だよ」

ヘラリと笑う橋島に商売っ気は感じられない。

千花はまだ熱いフライドポテトをつまみ、一本、二本、三本目を飲み込んだところで、わすれな荘に長期滞在することを決めた。

夢見るレシピ *2*　**バインミー**

材料　[4人分]

フランスパン（あればソフトタイプの物）…… 15cm×4個
〈好みのものを選んで〉
　ロースハム …… 150g　　レバーパテ …… 適量
　焼き豚 …… 200g　　茹で鶏 …… 200g　など
ニョクマム（ナンプラー可）…… 小さじ1×4個
レタスなどの葉物野菜 …… 適量
香菜 …… 適量

なます（冷蔵庫で1週間保存可能）
〈A〉　大根（皮を剝き千切りにする）…… 10cm
　　　ニンジン（皮を剝き千切りにする）…… 1本
　　　塩 …… 小さじ1/4
〈B〉　酢 …… 50cc
　　　砂糖 …… 30g
　　　塩 …… 少々

手順

[1] なますを作る。大根とニンジンはごく細い千切りにしてボウルに合わせ、塩を揉み込み10分おく。
⇓
[2] 滲んだ水気をしっかりと搾り、〈B〉の合わせ酢に浸し15分おく。
⇓
[3] フランスパンは、横から切り込みを入れてオーブントースターで軽く温める。
⇓
[4] [3] に、好みの具材をはさんでニョクマムをかけ、レタスなどの葉物野菜、なます、香菜をはさむ。

Step 3　紅白クラムチャウダー対決

陽《ひ》が落ちかけた浅草の街は、ノスタルジックな賑《にぎ》わいを浮かべて千花を包み込んだ。のんびり観光なんかしている場合じゃないけれど、自分を慰めなければ心が折れてしまいそうでやって来た。

東京に来て一週間経《た》つのに、まったく進展がない。マネキンのアルバイトの派遣会社に登録もしたが、いっこうに仕事の依頼はなかった。

初心者歓迎と記載があったが、やはり接客業の経験がない千花にはなかなか仕事が回ってこないのだろうか。

そんなことを考えながら、千花は古い店がならぶ街並みを歩く。どこか懐かしさを覚える風景に、千花の頬《ほお》がゆっくりと綻《ほころ》んでいく。

東京に来たのは中学の修学旅行二泊三日のみ。

旅行の感想を一言で表せば、二度と東京には来たくない、だった。

国会議事堂や都庁、NHK放送センターなど、日本の中枢を見学したときは単純にすごいと感動したが、たぶん千花の人生においては間接的な接点でしかない。

聳《そび》え立つ高層ビル群の夜景や、人でごった返す渋谷のスクランブル交差点、世界のブランド品が並ぶ表参道、チープで奇抜なファッションや雑貨、若い子で賑わう原宿。はしゃぐ友人たちについていきながら、どこにいても千花は心落ち着かず、自分が場違いなところにいる気がして少しも楽しくなかった。

華やかで賑やかな場所は、どんなに憧《あこが》れていても自分を受け入れないだろうし、自分も受け入れられない。

自由班行動の日のために新調した服で、思い思いにオシャレをして東京の街を歩く同級生から、少し離れてついていく。

私服に着替え、色つきリップを塗った同級生たちは、自分よりも大人に見えた。

千花の母は、まだ中学生の千花がオシャレをすることに、色気づくのはみっともないと否定的だった。

東京にも、彼女たちにも、馴染《なじ》めず浮いている自分を感じた。

そんな旅行中、唯一好きになれた場所があった。

それが浅草だった。

古い街並みを残す下町の中に、祭りの欠片《かけら》があちこちに転がっているような独特の活気の中を色々な肌や目、髪の色をした外国人たちが闊歩《かっぽ》している。

日本人も様々で、近所のスーパーマーケットに買い物に行くような普段着のおばさんもいれば、袢纏《はんてん》や着物姿の人、ブランド物に身を包んだ旅行者、実に多種多様な人々が思い思いに街を楽しんでいた。

過去と現在、日本と世界がごちゃごちゃになって気持ちよくまとまっている。どんな物も人もすっぽりはまってしまう、不思議な無秩序空間。

千花は地元にいる時よりも、解放感に似た居心地の良さを感じた。同級生との服装の違いも気にならなかった。

あれから十二年、ちょうど一回り経って再び訪れた浅草は、以前よりさらに混沌《こんとん》を増している。当時はなかったスカイツリーを始め、過去と現在と未来までもが混ぜ合わさって、摩訶《まか》不思議な雰囲気にワクワクしてしまう。

浅草寺《せんそうじ》の裏側、小さな店や家が軒を連ねる裏道に足を踏み入れたとき、チリンチリンと控えめに美しい鈴の音が耳に触れた。

自然に足が止まり、視線で鈴の音を探す。

「わあ、素敵なお屋敷」

二階建ての日本家屋を改造した、モダンな店舗だった。

組紐《くみひも》につながれた鈴が軒先で微《かす》かに揺れるたび、恥じらうように小さな音を立てる。

鈴の音に誘われて、千花はガラスの扉を開ける。

外観から想像するよりも中は広く、色彩豊かだった。

色とりどりの商品が並んでいるのにしっとりと落ち着いた印象を受けたのは、和紙や着物などの日本の伝統色で包まれていたからだ。

パステルカラーやショッキングカラーとは違い、どんなに鮮やかな色も少し水分を含んだような落ち着きがある。

巾着袋《きんちゃくぶくろ》や風呂敷《ふろしき》、扇子、手ぬぐい、和傘などが並ぶ和風小物の店であった。

店の奥では着物も取り扱っている。もともとは呉服店だったのだろうか。

店内には千花ぐらいの若い日本人女性に混じって、外国からの旅行者が興味深そうに商品を眺めている。

香でも焚《た》いてるのか、店の中は微かに白檀《びゃくだん》の香りがした。

日本独特の色使い、柄、絵の筆遣い。一日中眺めていても飽きないだろう。

二階に続く階段には「ＳＴＡＦＦ　ＯＮＬＹ」の看板が立てかけてあり、事務所になっているらしい。

千花は腕時計を見る。午後五時半を回っていた。

また今度じっくり見に来ることにしようと店の出入り口に足を向けたとき「正社員募集」の文字が目に飛び込んできた。

この素敵な店で正社員の募集。千花の鼓動がドクンと大きくなる。

募集要項に顔を近づけてじっくりと文字を追う。

月給や休日、社会保険完備などの条件は十分だ。

仕事内容は接客と簡単な事務。

学歴や年齢については記載がない。

最後に営業、接客、経理、英語、着付けのできるかた歓迎と付け加えてあった。

千花は深くため息をついた。

なんだかよくわからないけど、優秀な人材を求めているのだろう。

自分には無理だ。

千花は足取り重く店を出た。


「ただいま」

玄関を開けると、お帰りと迎えてくれる翔太の姿がなかった。代わりに天井からバタバタと騒音が落ちてくる。

二階に上がると廊下の一番奥、管理人室の扉が大きく開かれ、その前に鞄《かばん》や布団などが積んである。

「お引っ越し、お引っ越し～」

三階から両手に丸めた衣服を持った橋島が降りてくる。

「あ、千花ちゃん、お帰り。早いね」

荷物を抱えた橋島のために、千花は壁にぴったりと背をつけて狭い廊下を譲る。橋島が千花の部屋の前を通り過ぎ、管理人室の前に辿《たど》り着くと部屋から翔太が姿を現した。

「千花ちゃん、お帰り。うるさくしてごめんね」

翔太は橋島から荷物を受け取りながら千花に小さく頭を下げる。

「お引っ越し、なんですか？」

どこからどこへ？　というか、管理人室に引っ越しって？

「俺が管理人室へ。いつも三十一号室で寝泊まりしているんだけど、明日、お客が一人くるから客室空けたの。一応管理人室には二段ベッドがあって、二人で泊まれるようにはなっているんだ。でもちょっと手狭だし、普段の下段ベッドは荷物置き場になっているから」

千花と同じ三畳の部屋を使っているということだ。オーナーなのに。

橋島が親指で管理人室を指すので、千花はそっとのぞき込む。

六畳よりも少し狭い部屋には事務用の机とファイル棚、二段ベッド。ベッドから降ろした荷物と思われる段ボールや衣装ケースが床に積み上げられ、まさしく足の踏み場もない。

「事務所兼寝室に男二人は狭苦しいでしょ。でも、まあ大丈夫。俺はほとんど宿にいないし、翔太くんとは生活リズムが違うから。ってことで、飲みに行ってくるから後はよろしく」

「え？　客室の掃除は⁉　するって言ったよね」

布団をベッドに持ち上げていた翔太が、勢いよくドアの方へ振り返る。だが橋島は翔太が言い終える前に、部屋の前から姿を消した。枕が落ちた。

「もう、客室使わせないよ！」

布団を抱えているのでとっさに追いかけられず、翔太は部屋から怒鳴る。

「そんなことしたら狭苦しくて辛《つら》い思いするのは翔太くんだよ～」

階段の方から遠ざかる足音と橋島の声。

「……ったくあの人は」

翔太はため息とともに布団をベッドに放《ほう》り投げた。

「……お、お掃除手伝いましょうか？」

「まさか、お客さんにそんなことさせられないよ」

翔太はパンパンと布団を乱暴に敷き直しながら話を続ける。

「帰り早かったね。夕飯は済んだ？」

「いいえ。まだジャガイモ団子が残っているので、それでなにか作ろうと思って。よかったら翔太さんの分も一緒に」

「昨日も作ってくれたのに、続けて悪いよ」

「でも、材料は宿の物を使わせてもらっているし」

「それだけは橋島さんに感謝だね」

ハハハと、もう橋島に対しての怒りを忘れたように翔太が笑う。

「夕食はトマトソースのジャガイモのニョッキにしようと思って、赤ワインも買ってきたんだ。八時頃でよかったら僕が作るよ。クオンが今日はバイトがないから学校が終わったら帰ってくるって言ってたし」

「他の人は？」

「さあ？　オリバーとヤンは観光のついでに食べてくるんじゃないかな。歌穂ちゃんはなにも言ってなかったけど」

クオンが帰ってくるまで翔太と二人きりだとふと思ってしまったら、なんだか照れくさいような気まずいような気分になって、千花は自分の部屋に戻ることにした。

「じゃあ、八時に」

「うん……あ！」

翔太がいきなり声を上げて千花を引き留める。

「今何時？」

千花は腕時計を見る。

「六時十分ですけど」

「やばい」

翔太がベッドメイクの手を止めて部屋を出る。管理人室から一番遠い、階段に近い部屋まで走っていき、ドンドンと乱暴にドアを叩《たた》きながら声を張り上げた。

「スティール！　六時だ。六時過ぎた！」

スティール。千花は住人がもうひとりいることを忘れていた。

翔太が手を止めてドアに耳を寄せる。反応がない。

「スティール！　バイト。遅刻する！」

ガタガタとドアの向こうでなにかが動く音がし、三十秒ほど経ってガチャリとノブが動いた。

のっそりと青年、というよりもまだ少年と言うほうがしっくりくる人物が出てくる。

「遅いけど、おはよう」

「……おはよう」

スティールは渋々と翔太に挨拶を返す。

クオンよりも肌が浅黒くて、一瞬で外国人とわかる彫りの深さ。

翔太が間に立って二人を紹介する。

「彼女は千花。彼は四ヶ月ほど前から日本留学しているスティール。仲良くね」

翔太は早く支度する、と言ってスティールの肩をポンと叩くと管理人室に戻っていった。

取り残された千花はスティールを正面から見る。宿泊一週間目にして初めて顔を合わせた住人は、寝起きのためか眉間《みけん》に深いシワを作って睨《にら》むような目を千花に向ける。少し癖のある真っ黒な髪の右側が跳ねている。

「よろしくお願いします」

千花が丁寧に頭を下げ、再び頭を上げたときには、もう目の前にスディールはいなかった。スディールは千花を通り過ぎて洗面台で顔を洗い始めた。

千花は呆然《ぼうぜん》と顔を拭《ふ》くスディールを見つめる。同じ留学生でもクオンと全然違う。

さっさと部屋に逃げ込めばよかったのに、すぐには足が動かなかった。顔を洗って部屋に戻ろうとしたスディールと目が合う。

なにか話さなくてはと反射的に口が動いた。

「あ、あの、挨拶が遅くなってすみません。一週間ほど前から泊まっているんです。冷凍庫に先日作ったコロッケやニョッキがあるのですが、もう食べました？　もしまだならぜひ」

話さなければわかり合えない。ジャガイモパーティで学んだことだ。

同じ屋根の下で暮らすなら、なるべく良い関係を築きたい。

千花は微笑みながら勇気を出して話しかけた。だが、スディールはさらに眉間にしわを寄せ、不機嫌さを隠すことなくいきなり英語で返事を投げつけた。

「Leave me alone!《ほっとけ》」

「えっ」

「Mind《か》 your《ま》 own《う》 business《な》!」

留学生なら当然日本語で返ってくると思っていた千花は、二言目でやっとスティールが英語を話していることに気がついた。気がついたがなんと言ったのか全然聞き取れていない。

もう一度おっしゃって下さい、は英語でなんて言えばいいんだっけ。

「あ、え、えと、プリーズ、ワン、モア――」

千花が言い終わらないうちにスティールは部屋に入って行ってしまった。

✿

起きたら昼過ぎだった。携帯電話で時間を確認してため息をつく。

「すごいお寝坊さん……」

千花はいかにもだらしない生活をしているようで、軽く自己嫌悪を感じながらのそりと布団から出て、窓に寄る。

窓を開けると空が青く澄んでいて、春の気配がうっすらと空気に滲《にじ》んでいた。

「もうすぐ三月だもんね」

落ち込んでいた千花の気分が少しだけ上昇し、今日はのんびりと近所か浅草探索でもしようと決めた。

押し入れを開けて、キャリーバッグからスケッチブックと色鉛筆を取り出す。コートとマフラーはまだ手放せないが、逆にそれさえ纏《まと》えば公園のベンチでのんびりできる程度の温かさがある。

部屋から出て顔を洗い、身支度を済ませて一階に降りる。

「おはよう。もう、こんにちはかな」

リビングでコーヒーを飲んでいた翔太に声をかけられ、千花は気まずい思いで挨拶を返す。

「おはようございます。ちょっと寝過ぎちゃって」

千花は座卓に目を止めた。

翔太の前にはテスト用紙が積まれ、コーヒーを持っていないほうの手には赤ペンが握られている。

翔太の斜め前に座り、上半身を乗り出してじっくりと眺めれば、小学校低学年の国語のテストだろうか。ものすごく初歩的な日本語の文法問題と漢字の読み書き。

日本語と言えば、スディールを思い出した。

今はバイト、もしくは日本語学校にいるのだろうか。できれば顔を合わせたくない。

昨日の初対面が最悪だった。たまたま寝起きで機嫌が悪かったのかもしれないが、苦手だ。

翔太には日本語で話したのに、千花にはこれみよがしに英語で喋《しゃべ》った。千花が英語を話せないのを見透かしたように。

日本語を学びに来ているなら積極的に日本語で話せばいいのにと、つい心の中で嫌味のように愚痴ってしまう。

クオンはもともと人懐こい性格をしているのだろうが、日本語をもっと上手になりたいと積極的に話しかけてくるし、間違いを指摘すれば恥ずかしそうに、そして嬉《うれ》しそうにはにかんで喜んでくれる。

仲良くしてしてオーラや、構って構ってオーラは、人間関係に消極的な千花から見れば好ましく羨《うらや》ましいものだ。褒めて褒めてオーラには多少辟易《へきえき》することもあるが。

千花の視線をくみ取って、翔太が赤ペンで答案用紙を突きながら説明する。

「副業の答案添削。っていっても、ここのオーナー代理もアルバイトだから、どっちが副業だかわからないね」

「なんの答案ですか？」

「日本語学校の答案だよ。前に勤めていた学校から、時々頼まれるんだ」

「先生だったんですか？」

「うん」

「日本語の先生がどうして今、ゲストハウスで？」

「最初はただの宿泊客だったんだけど……まあ、いろいろあってね。一言で言えば、橋島さんがあまりにも頼りなかったというか」

翔太がはぁ、と大きなため息をつく。

その様子から、いろいろがあまりいい思い出ではないことがうかがえ、千花はそれ以上質問するのを遠慮した。

きっと橋島がらみか、橋島のせいでわすれな荘に不本意ながらも留《とど》まることになってしまったのだろう。

翔太の面倒見の良さと、人の好《よ》さが、不幸にも徒《あだ》になったに違いない。

「ただいまぁー」

酒のにおいを纏いながら橋島が入ってきた。

「お帰り。朝帰りを通り越して昼帰りとは、いいご身分で」

いつもの翔太らしくない棘《とげ》のある言葉と口調は、わすれな荘で働くことになったあまりよくない理由《きっかけ》を思い出したからだろう。

だが、言われた橋島は翔太のチクリとした嫌味にまったく気づかずにへらりと笑う。

「大丈夫。シャワー浴びて四時間ほど寝たら出て行くから」

橋島の言う大丈夫は、夜は翔太一人で管理人室を使えるという意味だ。管理人室が狭いのを理由に、いつにも増して飲み歩いているようだ。

来るはずだったゲストの予定が数日延びて、橋島が使っていた部屋は今空きだが、布団や荷物を戻しても、どうせまたすぐに移動させなければならないからとそのままだ。

「今夜も一晩飲み明かすことになるから、大丈夫、大丈夫」

そんなところに気を使わなくていいから仕事してくれ、という翔太の心の声が聞こえた気がする。

橋島が去ったのを確認して、千花はこっそり翔太に尋ねる。

「ほとんど毎日、誰と飲んでいるんですか？」

「いろいろだよ。この辺りで暮らしている生活保護者たちは酒を飲むぐらいしか娯楽がないしね。生活に必要なお金以外はだいたい酒に注《つ》ぎ込んでいるよ。あとは近所の老人とか、ホテル組合の人たちとか、ホームレスとか。ホームレスもちょっと稼いだ小銭は酒にしちゃうからね。まあ、あちこちで奢《おご》ったり奢られたりしながら飲んだくれている。橋島さんは酒飲み仲間だけは不自由しないよ」

ホームレスとも交友が！　一瞬驚いたが、すぐに最初に会ったときに彼がホームレスと飲んでいたことを思い出した。橋島自身をホームレスだと誤解したぐらいだ。

先日橋島から、ここら一体は山谷と呼ばれるドヤ街で、かつての労働者は今や生活保護者となって住み着いていると聞いていた。

「生活保護の方はどのへんに住んでいるんですか？」

「二千円以下の宿には多いね。法律のことはよくわからないけど、生活保護で宿泊費として認められる上限が確かそのぐらいの金額だった」

翔太のペン先に目をやると、ただ○×をつけるのではなく、間違った答えの横にどう間違っているのか、他の用例など、アドバイスを丁寧に書き込んでいる。翔太の字は男性にしては少し丸みがあって可愛《かわい》らしい。

一瞬、読みにくいと感じたのは、ひらがなが多いからだ。

邪魔をしてはいけないと、千花は座卓からそっと離れてパソコンの前に座る。就職サイトをチェックすれば、また不採用の知らせが入っていて、口に含んだコーヒーがものすごく苦くなる。

シャワーを浴びて戻ってきた橋島が、タオルで髪をガシガシ拭《ふ》きながら翔太に頼みごとをする。

「四時間経ったら起こしてくれない」

「ヤですよ。大人なんだから自分で起きて下さい」

翔太は答案用紙から目を離さずにすげなく断る。

「スディールは起こしてあげるくせに」

「四十過ぎのおっさんが、異国で心細い思いをしている十九歳と同等の扱いを受けようとするなんて図々しすぎる」

「で、彼は？　昨日の夜も帰ってきた気配がないし、また友人の所？」

「……たぶんね」

橋島と翔太の会話に耳をそばだてていた千花は、スティールがいないことにちょっとだけホッとする。

「目覚まし時計壊れたまんまなんだよね～」

グチグチと呟きながら橋島はリビングを去っていく。

看板といい目覚まし時計といい、橋島には壊れた物を直すという概念がなさそうだ。

十分ほどして、歌穂がコーヒーとクッキーを片手にリビングに入ってきた。

「おはよう。今日は朝が遅い人が多いな」

翔太が声をかけると、歌穂は返事のかわりに大きくあくびをする。

「昨日飲み過ぎちゃったから、今日は一日ゴロゴロする」

言うが早いか、歌穂はさっそく翔太が使っている以外のクッションを壁際に集めて、テレビのリモコンを手に寝そべる。

テレビのスイッチが入り、お昼のバラエティー番組が始まった。

「千花さんも今日はゴロゴロ？」

言葉通り、クッションの上で体をゴロゴロと揺らしながら聞く。

「あ、私は散歩にでも行こうと思って」

「ふーん。ドイツ組と留学生組は？」

「オリバーとヤンは相変わらず朝早く出かけていった。クオンは学校もバイトも休みだから買い物するんだって言って出て行ったな。スディールは……ちゃんと学校行っているかな」

　翔太が苦笑する。

「スディール、最近見ないね。外泊か引きこもってるもんね。彼女でもできたん？」

　翔太はわからないといったように肩を竦《すく》めた。

「スディールにマンガとマフラー貸しているんだけどな。まあ、急ぎじゃないけど」

　と、歌穂が言ったところで玄関のドアが開き、噂《うわさ》をすればなんとやら、スディールが入ってきた。

「お帰り、スディール」

　最初に声をかけたのは翔太だ。

「……ただいま」

「学校は行かないの？」

「今日は……休み」

「学校が？　自分が？」

　スディールが黙り込む。

「スディール」

今度は歌穂が話しかける。英語だったので千花には内容がわからない。所々聞き取れた単語から察するに、貸したマンガのことについてのようだ。正解かどうかはわからないが、面白かったとか、続巻はないのかとか話しているようだ。ナチュラルなスピードの英会話に千花はまったくついていけない。翔太は聞き取れるので、ときどき苦笑している。

英語なら会話してくれるんだ。でも、翔太には日本語で会話したのに。

千花は疎外感を感じながら、わすれな荘を出た。

吉野通りをまっすぐ南下して浅草方面に向かうが、途中で左に折れて隅田川を目指して進むと、日本さくら名所百選にも選ばれた隅田公園に辿り着く。

整備された遊歩道に、まだ開花の気配さえ見せない寂しい桜の木が並ぶ。

大きな川は約百万人の見学者を集める隅田川花火大会が行われる会場でもあり、その向こうにはスカイツリーがそびえ立つ。

千花はベンチ代わりになりそうなコンクリートの段差を見つけて、ハンカチを敷いて腰を降ろす。

川のそばだから風が冷たいかと思ったがそれほどでもなく、午後の日差しを遮る物がない川縁は手袋もマフラーもいらないほど暖かかった。

よかった。手がかじかんでいては絵が描《か》けない。

千花はビニール製のエコバッグからスケッチブックと色鉛筆をとりだす。

「桜が咲いたらきれいだろうな」

頭上に伸びる枯れ木のような桜の枝に微笑《ほほえ》みかける。

膝《ひざ》にスケッチブックを開いて、色鉛筆を滑らせる。

真っ白なページが徐々に青に染まっていく。日差しに煌《きら》めく藍色《あいいろ》の水面と銀色のスカイツリーに冬の空。

色鉛筆を動かしながら千花は考える。

このまま東京でやっていけるだろうか。

英語も喋れないし、たいした学歴もないし、仕事も手に入らない。

どんどん形作られていくスケッチブックの景色とは反対に、千花の心は形を失っていきそうだ。

落ち込んでいく心を引き留めるために、色鉛筆を動かす。

三時間ほど経って、ようやく完成が見えたと千花が頬を緩ませたとき、自分の名を呼ぶ声が聞こえた。

「千花！　千花じゃないデスか」

クオンがしっぽを振って駆けてくる犬のようにやってきた。

「クオン……」

クオンがスケッチブックをのぞき込む。

「わあ。千花、絵が上手。趣味デスか？　素敵な趣味デス」

「クオンはなにをしていたの？」

クオンはよくぞ聞いてくれましたというように、手提《てさ》げ袋からポストカードをとりだした。

日本の風景写真や着物を着た女性、半被《はっぴ》姿の男性。

「浅草でポストカード買いました。来週は母の誕生日。日本の素敵なポストカードでお祝いメッセージ送るデス。千花はもうポストカード送ったデスか？」

千花の胸がチクッと痛む。

「クオンは家族と仲がいいんだね」

クオンは首を捻《ひね》る。

「普通デス。普通デスけど、ずっと日本にいて離れているから、お互い恋しくなります」

「そっか」

自分は唯一の趣味である絵描きさえ、家族に隠れてコソコソとしていなければならなかった。

東京で暮らす不安は大きいが、自由に絵を描けるこの状況はなにごとにも代えがたいものだった。親の視線を気にせずに生きることが、こんなにも心地よい。

実家を追い出され、東京に来て得たプラスとマイナス。

どちらが大きいか、まだ千花にはわからない。

だけど引き返すことはできないこと、今は得た自由を満喫しているということは理解している。

「千花はもうハガキを送ったデスか？　家族と離れて寂しくないデスか？」

「私は離れているっていっても、国内だし。いつでも帰れるし」

「そうデスね。航空券は高いから、簡単に帰れません」

「そっか。そうだね」

いざとなれば実家に帰れる。その有り難さが自分にはまだ理解できないが、海外にでればまた違うのだろうか。

千花も家族とすごく仲がいいわけではないが険悪でもない。

クオンとそんなに違いないと思う。違うのは距離か。

いや。

クオンは追い出されたわけではない。辛いがクオンのために飛び立つことを許可したのだ。千花とは違う。

落ち込む千花の心を知らず、クオンは色がきれいだ、スカイツリーが迫力あると絵を散々褒める。

陽が落ちてきて気温が下がる。

もう色鉛筆を動かすのは難しい。

千花はスケッチブックを閉じる。

「クオンはこれからどうするの？　私はわすれな荘に帰って、歌穂さんの分と合わせて夕飯を作ろうと思っているんだけど。クオンも食べる？」

「千花が作ってくれるデスか？　和食？　和食、嬉しいデス。ワタシ、手伝います。買い物するデスか？」

クオンがエサを前にした犬のようにはしゃぐ。

✿

その人は突然現れた。

あまりの存在感に、千花の箸《はし》からニンジンが落ちる。ご飯の上だったのでセーフだ。

歌穂もゴボウを囓《かじ》ったまま動きが止まる。

クオンが驚いたように膝立ちになる。

「ビックマム！　ご無沙汰《ぶさた》デス」

クオンの声に台所から翔太が顔を出す。

「早かったですね。ようこそ」

マシュマロマン。

大変失礼だが、千花は玄関に立つ五十代ぐらいの女性を見てその単語が頭に浮かんだ。

身長は百七十センチぐらいか。日本人からしてみれば長身だが、白人ならそれほど高いほうではないのかもしれない。そして体重は――わからないが百キロは超えているだろう。

豊満なバスト、豊満なウエスト、豊満なヒップ、とにかく豊満、体中が豊満。

まさかわすれな荘に宿泊するの⁉

三畳ほどの部屋で大丈夫なの⁉

千花が余計な心配をしているうちに、両手にボストンバッグを持った彼女が、ノッシノッシと体の脂肪を揺らして千花たちのいる座卓へ近づいてくる。

「Ｏｈ、翔太、クオン、お久しぶり。半年ぶりかしら」

ビッグマムと呼ばれた彼女はバッグを足下に置いて身を屈《かが》めると、膝立ちになったクオンを抱きしめた。

「ハーイ、クオン。勉強はすすんでいますか？」

幼子をあやすように、抱きしめたクオンの頭をポンポンと叩く。

お返しに、クオンの手がビッグマムの背中を叩く。ポンポンと大きな背中を叩いていたクオンの手は、そのうちパンパンになり、バンバン、バタバタになった。

「ビッグマム！　クオンが窒息しかけてるっ！」

翔太の声に彼女が慌てて抱擁を解くと、酸欠に顔を赤くしたクオンがゆらりと腰を落とした。

「おやおや、ごめんなさいね。ホホホ」

笑うと胸と腹が揺れる。そして笑いを納めると、千花のほうを向いてにこやかに挨拶をする。

「初めましてよね。マーガレット・ブラウン・中山《なかやま》です。北海道旭川の中学校で英語の臨時教師をしています。マンハッタン出身で、三十年前に日本人男性と結婚して以来、ずっと日本に住んでいます。ちょっと早い春休みをとって、家族のいる佐賀県に帰るところよ」

「家族のいるって？」

千花の質問に、ビッグマムことマーガレットはにこやかに答える。

「夫と子どもは佐賀県で暮らしています。ワタクシは単身赴任ですね」

妻のほうが単身赴任。千花には新鮮だった。

「ビッグマムは長期の休みに佐賀県に帰る途中、ほぼ必ずここに寄ってくれるんだ。もう五年以上の常連さんだよね」

「東京で買い物してから帰るの。家族のお土産も買ってね」

ビッグマムは座卓の上に並んだ料理を眺めて大げさに驚いてみせる。

「ワオ。ヘルシーなお食事。とても美味《おい》しそう」

千花がクオンと一緒に作った献立は、煮物にカブの塩もみ、茸《きのこ》のお浸し、大根の味噌汁。

「よ、よろしければご一緒に」

千花が勧めると、ビッグマムは両手を広げ体一杯喜びを表現する。

「まあ、嬉しい。あなたが作ったの？」

「はい」

「素晴らしいわね。お言葉に甘えてご相伴させていただくわ。ワタクシも夕食がまだだったから買ってきた物があるの。よかったらどうぞ」

ボストンバッグから駅弁ならぬ、空弁を三つ取り出す。

ウニご飯に、鮭《さけ》イクラ弁当、石狩鮨《ずし》。

全部一人で食べるつもりだったのだろうか。

ビッグマムと初対面の千花は唖然《あぜん》と並んだ弁当を見つめるが、翔太とクオンは驚くことも疑問に思うこともなく、勝手知ったる様子でウニご飯や石狩鮨をつまむ。

「あらあら、とても美味しい」

ビッグマムは遠慮することなく、煮物に塩もみ、お浸しを次々と口に運び、千花から見れば大げさに褒める。

「千花は料理が上手。この前のジャガイモ団子の鍋《なべ》も美味しかったデス」

「そうだねえ」

クオンと翔太の言葉に、褒められ慣れていない千花は恥ずかしくなってうつむく。

「実家でよく料理をしていたので」

親に勉強しろと言われるのが兄なら、家事を手伝えと言われるのが千花だった。

「千花は絵も上手。千花、みんなに見せてあげるといいデス」

「えっ！」

クオンが自分のことのように得意げに言い、千花は焦る。できれば秘密にしておきたい唯一の……趣味。そう趣味だ。

「へえ。見せてよ。人物画？　風景画？」

「へ、下手の横好きです。お見せできるような代物では……」

「そんなことないデス。とても上手デス」

クオンが無邪気に追い打ちをかける。

「料理も絵も得意なんて素晴らしいわ」

ビッグマムの笑顔には、そのあだ名にふさわしく包容力溢《あふ》れるような愛嬌《あいきょう》と暖かみがある。

こんなお母さんだったら、胸の内を打ち明けられたかもしれない。千花はこっそりと思う。

「ところで橋島オーナーは？」

翔太は肩を竦めてから答える。

「今夜も飲み歩いているんじゃないかな。相変わらずです」

「飲み歩いているってことは元気なのね。それなら結構だわ」

ビッグマムはホホホと体を揺らして笑う。

「クオンは半年ぶりね。前に会ったのは夏休みね」

「はい。覚えています。あれから試験を受けて、四月からは日本の大学に留学生枠で編入するデス」

「奨学生になれたのね。Congratulations!《オメデトウ》　すごいわね。えらいわ」

ビッグマムはクオンの頭を幼子のようにクシャクシャに撫《な》でる。クオンはご主人様に撫でられた犬のように、満面の笑みを浮かべて頭をビッグマムの手に委《ゆだ》ねている。

「歌穂も相変わらず長期の休みにはここにいるのね」

「まあ、楽やしね。神戸にずっと閉じこもっているのもたるいから」

「おやおや」

なにか含みがあるような歌穂のセリフにも、ビッグマムはなにもかもわかっているかのように微笑む。

夕食は宴会のように盛り上がり、最後にはビッグマムが持ってきた北海道の定番土産、白い恋人にトラピストクッキー、六花亭のバターサンドがデザートとして並んだ。

千花はビッグマムの存在に圧倒されながらも、自分の料理がきれいに平らげられているのに満足しながら、予想外の賑やかな一晩を過ごした。

✿

リビングのパソコンの前で、千花は大きくため息をつく。

新しく応募した会社から、断りのメールが入っていた。もう、テンプレートの断りメールの文言を覚えてしまいそうだ。

マネキンの派遣会社からも仕事の依頼はない。

接客経験のない自分には永遠に仕事が回ってこないのではないか。

時間を確認すれば午後五時。窓の外は千花の心のように、うっすらと暗くなっている。

今日一日、なんの成果もなく無駄に時間を過ごしてしまった。

「ため息をつくと幸せが逃げますよ」

両手に紙袋を持ったビッグマムがちょうど玄関から入ってきた。

窓の外は夕闇《ゆうやみ》。

千花がだらだらとなんとなく過ごしているうちに、夜がやってきてしまう。

「いい買い物ができたみたいですね」

千花が声をかけると、彼女はホホホと笑う。

「さすが東京は国際都市よね。ワタクシのような特大ＬＬサイズでも受け入れてくれる懐の深さがあるわ。田舎ではなかなかワタクシに合う洋服がなくて」

確かにそうだろうな、と千花は納得する。

外国人としてはそれほど珍しくはない体格かもしれないが、日本の標準サイズには当てはまらない。よほどのサイズを用意している店か、オーダーメイドでなければ着ることのできる服は手に入らないだろう。

「ああ、疲れた。一日中歩き回ったわ」

「コーヒー淹《い》れましょうか？」

「あら」

ビッグマムは青い目を大きくして、それからふわりとほほ笑む。

「優しいのね。ありがとう、千花。荷物を置いてくるわ」

千花がコーヒーを淹れてリビングに戻るのと、ほぼ同時にビッグマムが階段を降りてきた。

二人は向かい合って座卓に座り、コーヒーをすする。

「翔太は？」

「日用品の買い出しに行きました」

「まあまあ、それで千花がお留守番していたのね。橋島オーナーは捕まらなかったのかしら。翔太におんぶに抱っこで、本当、どうしようもないオーナーね」

ビッグマムが大笑いする。

千花は留守番をしていたわけではない。特にやることもなく、散歩や絵を描きに行く気力がなかっただけなのだ。

「今日はずっと宿にいましたの？」

「はい」

「なんだか元気がなさそうですけど、体調が？」

「いえ。宿にいたのは特にすることがなくて。ずっとパソコンで仕事を探していたんですけど」

「東京にはお仕事を探しに？　なにか目指してらっしゃるの？」

「それは――」

千花の唇が止まる。東京に来た、というよりも恋人の元に来たつもりだった。恋人の存在がなければ、東京でなくてもよかったのだ。

自分は女性としての魅力も乏しいのだ。だから、恋人は去っていった……。

「兄夫婦の同居に伴い、実家を出て行かなくてはならなくて。どうせなら、東京で暮らしてみたいと思って。都会なら仕事も多そうだし。私、秋田県の田舎から出たこと一度もなかったから」

自分でも驚くほど、スラスラとうまく上辺だけの事情をすくって説明できた。

「初めての一人暮らし？　それならわすれな荘を選んだのはいい選択よ。オーナーはともかく、翔太は面倒見がいいから。わからないことや不安なことがあれば、どんどん相談すればいいわ。ここなら他のゲストもいるし、寂しくならないでしょう」

「はい。でも……なかなか仕事が見つからなくて。私、たいした学歴も資格もないし。特技とか、自慢できるようなこともなにもないし、ほんとうにダメな人間なの……」

だから恋人にも振られるし、バイトさえ見つからないし、家の中に居場所もなくなるんだ。

千花の頰に、温かい指が触れた。

ビッグマムが大きな体を座卓の上に乗り出して、ぽっちゃりとした手で千花の顔を包み、そっと親指の先で目尻を拭う。

ビッグマムの指先が濡《ぬ》れていて、千花は自分の目に涙を溜《た》めていたことに気がつく。

「泣かないで。千花はとても素敵な女の子。最初から順風満帆に行くことは難しいわ。人生はトライ&エラーの繰り返しよ」

泣いていると自覚したら、涙がよけいに溢れてきた。

「本当に私にはなにもないんです。歌穂ちゃんは大学生で英語もできるし。翔太さんはさらに日本語教師の資格だって持っているし。留学生たちは日本語を身につけて、外国《がいこく》で暮らす精神力も持っている。私はなにもない。女性としての魅力さえ」

初対面の人の前で愚痴を言いながら泣くなんて、なんてみっともないことをしているんだろう。

早く涙を止めなきゃと思うほど、涙が心に反して流れてきてしまう。

でも、目の前のビッグマムはやさしく微笑んで千花の言葉を受け止める。

東京に来てからずっと張り詰めていた心が、ようやく力を抜ける場所を見つけた。

恋人に拒絶されたときから不安で仕方なかった。わすれな荘の人たちに慰められることもあったが、心の震えのすべてを打ち明けられなかった。

「千花。あなたには素敵なところがたくさんありますよ。お料理だって上手だし、疲れたワタクシにコーヒーを淹れてくれる優しさもある。人のいいところを素直に認める純朴さも。それに絵が得意なんですって」

「そんなの……」

そんなのなんの役にも立たない、と言う前にビッグマムが尋ねる。

「千花、今日の夕飯はどうするの？」

「え？」

突然変わった話題に千花はついていけない。

「昨日のお返しってわけじゃないけれど、今日はワタクシが夕食を作ろうと材料も買ってきたの。よかったら召し上がって下さる？」

千花の返事を聞く前に、ビッグマムはウインクを残して台所へ行ってしまった。

千花は一人ぼっちになったリビングでそっと目元を拭う。

人前で涙したことに恥ずかしさがぶり返してくる。けれど同時に、心の中に沈んでいた澱《おり》が消えて軽くなったのも感じる。弱音を吐き出させてくれたのも、そんな千花を肯定してくれたのも、ビッグマムの優しさだ。

温かい気持ちで冷めたコーヒーを飲んでいると、ティッシュボックスやキッチンペーパーなどを両手に抱えた翔太が帰ってきた。

「ただいまー」

「お帰りなさい」

「千花ちゃんだけ？　橋島さんに留守番お願いって携帯にメッセージ入れておいたのに。まったくどうしようもない人だな」

ビッグマムと同じことを言うので、千花は小さく笑みをこぼす。

翔太が荷物を倉庫や管理人室に置きに行っている間に、台所から食欲を誘ういいにおいが流れてきた。

千花のお腹《なか》がぐぅと反応する。

「クラムチャウダーを作ったの、どうぞ」

ビッグマムが大きな鍋ごと持ってリビングに入ってくる。

鍋の蓋を取ると、中には赤いスープ。

「クラムチャウダー？」

クラムチャウダーといえば二枚貝の入った白いスープ。

生クリームと牛乳に、タマネギの甘味、貝の旨味《うまみ》、ベーコンの塩気や脂が溶け込んだクリーミーな味わいが特徴だ。乳製品のコクと滑らかさが、具材をひきたてる。

鍋に顔を近づけると、野菜の酸味が香った。

「トマト……ですか？」

「正解！」

ビッグマムが手を叩く。

「トマトベースがマンハッタン流。ワタクシの家庭の味ね。さあ、召し上がれ。付け合わせのクラッカーもどうぞ」

いただきますと言って、千花はそっとスプーンで赤いスープをすくう。

アサリや野菜の旨味にトマトの酸味が重なって、コクはあるがさっぱりした味わいだ。

「白いボストン風よりもヘルシーよ。世の中ではクリーミーな白いクラムチャウダーが支持されているけど、マンハッタンっ子のワタクシは断然赤いスープ派ね。千花は？」

「私は初めて赤いクラムチャウダーを食べました。とっても美味しいです。どっちも好きですけど、ビッグマムのチャウダーが今までで一番美味しいかも」

ホホホ、とビッグマムが笑う。

「ありがとう。でも、千花のお料理もすごく美味しかった。ワタクシもトライしているけど、なかなか和食を上手に作れないわ。一人暮らしだと、どうしても手を抜いてしまうし、やっぱりアメリカ暮らしが長いから洋食になりがちなのよね。朝はほぼコーンフレークだし。ピザやハンバーガーは大好物だし。おかげでこの体型よ」

ビッグマムが千花の手をとって、自分の大きな手で包み込む。

「子どもの頃から料理を手伝っていたなんて素晴らしいわ。この手は世界遺産を知っている手よ」

「世界遺産？」

「和食はユネスコの無形文化遺産に登録されたのよ」

千花はビッグマムに握られた手を見つめる。

「世界遺産なんて……そんなたいしたものでは」

ビッグマムがゆっくりと手を離して微笑む。

「遠慮や謙虚は日本人の美徳だけど、それは自分を過小評価することではないのよ。今の自分にできることをもっと評価しなくては。あなたには素敵なところがたくさんある」

ビッグマムは一口スープを飲んで続ける。

「ワタクシは赤いクラムチャウダーが好きだけど、白いほうが好きという人もたくさんいる。どっちも美味しいし、あとは好みの問題。それと同じ。料理ができるのも、英語ができるのも、日本語教師になれるのもそれぞれ素晴らしいこと。それから遠慮と謙虚を行動力や勇気がないことの言い訳にしてはだめ。今できないことは将来できるようになればいいのです。わすれな荘に住むなら、英語ができればもっと生活は豊かになるでしょうね。日本はとてもいい国。テレビやラジオで学ぶことができるし、図書館だって充実している」

英語の教師だから言う訳じゃないけれど、と付け加える。

「それに理由はどうあれ、せっかく東京に来たんだもの。いろんなことにチャレンジするといいわ」

——理由はどうあれ、せっかく東京に来たんだもの。

千花のスプーンが止まる。東京に来た理由は一つだけでないことを改めて思い出す。

でも、それはあまりにも現実離れしていて……。

「あれ、もうできていたの？」

一通り買い物の始末を終えた翔太がリビングに戻ってきた。

「まあ、翔太。お先に始めさせていただいていますわ」

翔太はすぐに台所から自分の分のスープ皿とスプーンを持ってくると、遠慮なく鍋からクラムチャウダーをすくって皿を満たす。

「ああ、美味しい」

最初の一口を豪快に放り込んで翔太が絶賛する。

「白いクラムチャウダーを出してくれるお店は多いけど、美味しい赤いクラムチャウダーを出してくれる店はなかなかなくて。ビッグマムのチャウダーが一番だよ」

「まあ、翔太ったらお上手」

ビッグマムは小さく手を叩いて千花に向き直る。

「どんどんやりたいことにチャレンジしなさい。たとえ結果が伴わなくとも、あなたの素敵なところが増えていきますよ」

千花は目を見開く。ポンと背中を押された。それがとても新鮮だった。

なぜなら母親から絵なんか描くなと言われていたからだ。そんなことをしていてもなんにもならないんだから。そんな時間があれば勉強しろ、家事を手伝えと。

子どもの頃から絵を描くのは好きだった。

だけど母親に冷たい言葉を投げかけられ、好きなことをするのは罪悪感との戦いだった。

——そんなことをしていてもなんにもならない。

——たとえ結果が伴わなくとも、あなたの素敵なところが増えていきます。

正反対のアドバイスに千花の心が震える。

「そうだ千花、メルアド交換しましょう。英語の勉強をしていてわからないことがあればいつでもメールして。ワタクシも料理のことでわからないことがあれば尋ねていいかしら？」

「あ、は、はいっ。いつでも」

千花は携帯電話を取り出す。

「翔太、千花は英語の勉強をしたいそうです。アドバイスをお願いね」

「うん、うん」

スプーンを咥《くわ》えたまま翔太がうなずく。

自分一人で抱え込んで殻に閉じこもることはないんだ。

千花はビッグマムと連絡先を交換しながら思う。

「千花、人生はトライ&エラーよ！　You can do it!《がんばって》」

ビッグマムは千花の心に強い言葉を残し、翌日の早朝、向日葵《ひまわり》のような笑顔でわすれな荘を去っていった。

ビッグマムの太陽のような温かさに背を押され、千花は履歴書を手に浅草へ向かった。

目の前には立派な日本家屋。

素敵だと一目惚《ひとめぼ》れした和雑貨の店だ。

扉を開ける。記憶にあるほんのりとした白檀《びゃくだん》の香りが鼻孔《びこう》をつく。

開店とほぼ同時に入店したせいか、店にはまだ客がいなかった。

横を向くとまだ募集の紙が貼ってあり安堵《あんど》する。

マネキンのバイトさえ手に入れられない自分。自信があるわけじゃない。

でも、自分から諦《あきら》めるようなことはやめようと決意した。

不採用になれば落ち込むし悲しくなるが、それを避けていちゃだめだ。自分に特技も資格も何もないなら、何もないからこそ、がむしゃらに頑張らなくては。

「すみません。入口にある社員募集の張り紙を見たのですが」

レジにいる着物を着た女性に声をかけた。

「応募希望ですか？」

「はい。りれ――」

履歴書も持っていますと続ける前に、女性がレジ横の階段に向かって声を張り上げた。

「源《げん》さーん。応募者が来ましたよー！」

「おう。上がってもらえ」

すぐに階段の奥からしわがれた、しかし張りのある男性の声が落ちてきた。

「どうぞ、お二階に。一番手前の部屋です」

いきなり面接⁉

ありがとうございますと女性に小さく頭を下げて、千花は階段を上がっていく。千花の緊張を代弁するように、階段がキシキシと音を立てる。

一番手前の部屋はすぐに見えた。

入り口の引き戸は全開で、千花は部屋の前に立つとお辞儀をした。

「壁坂千花と申します」

「入んな」

千花が言い終えるか終えないかのうちに声がかかる。

上半身を起こせばそこは事務所で、趣のある日本家屋といえども無機的なオフィスデスクにパソコン、壁際にはスチール製の書庫が並ぶ。

声の主は窓側に立って煙管《キセル》をふかしていた。

紺の着物に半被を羽織っている。

見事な白髪の角刈り。シワが刻まれた骨張った厳《いか》つい顔。それに乱暴な言葉遣い。

千花の足が竦む。だが、ここで帰るわけにはいかない。

バッグから履歴書が入った封筒を取りだし、机と書庫の間を通って彼に差し出す。

彼は煙管を置き、封筒から履歴書を取り出す。

「俺は滝川《たきがわ》源治郎《げんじろう》、この店の大将だ。で、お前さん、なにができるんだ？」

「え？」

履歴書もろくに見ず、いきなり問われて戸惑う。

何ができる？

自分には何も……。

ビッグマムの声が心の中に甦る。

――遠慮と謙虚を行動力や勇気がないことの言い訳にしてはだめ。今できないことは将来できるようになればいいのです。

何もできないわけじゃない。できることが少ないだけで、何もできないわけじゃない。

千花は下がりそうになる頭をキッと上げ、源治郎の目を真《ま》っ直《す》ぐに見据える。

募集の張り紙に営業、接客、経理、英語、着付けのできるかた歓迎と書かれていたのを思い出し口を開いた。

「経理の実践経験はありませんが簿記三級をもっています。着付けもできます。英語は……今、勉強しています」

「ほう。着物は着れるのか？」

「はい。でも、着物は持ってません」

源治郎が千花を値踏みするように見つめる。

「いつから来られる？」

「明日からでも」

源治郎の質問に即座に、はっきり答える。

ドクン、ドクンと心臓の音が千花の全身を駆け巡る。

「ふん」

源治郎はもう一度履歴書に目を落とした。

「え？」

「じゃあ、明日から働いてみるか？」

予想外の言葉に千花の思考が一瞬停止する。

「あ、あの……そ、それは採用していただける、と？」

「そう言っているが」

え、そんなに簡単に採用していいの？

ほ、本当に？

「本当《あだりめ》にええんだが？」

あまりにあっさりと就職先が決まって、逆に千花は狼狽《うろた》え、思わず方言が出てしまう。

源治郎が虚を突かれたように目を剝《む》いた。

「お前さん国は――ああ、秋田か」

手にした履歴書に目を落とし、源治郎が納得したように呟いた。

千花は自分が不安になるほど、あっさりと仕事を手に入れた。

夢見るレシピ 3　マンハッタン・クラムチャウダー

材料　[4人分]

〈A〉　アサリ(砂出しし、よく洗う) …… 400g
　　白ワイン …… 100cc
〈B〉　ベーコン(1cm角に切る) …… 80g　ニンニク(みじん切り) …… 2片
　　オリーヴ油 …… 大さじ1
〈C〉　タマネギ(1cm角に切る) …… 300g
　　ジャガイモ(1cm角に切り、水にさらす) …… 中2個
　　ニンジン、セロリ(1cm角に切る) …… 各1/2本
〈D〉　トマト水煮缶(ホールトマトの場合はざく切りにする) …… 1缶(400g)
　　水 …… 400cc　　タイム …… ひとつまみ
〈仕上げ〉　塩 …… 小さじ1.5〜2　　黒胡椒 …… 少々
　　好みでトマトケチャップ …… 大さじ2
　　イタリアンパセリ(みじん切り) …… 少々
　　クラッカー …… 適量

手順

[1] 〈A〉を鍋に入れて蓋をし、中火にかける。アサリが口を開けたら、
火を止めてボウルにあけておく。
⇓
[2] 鍋に〈B〉を入れて弱火にかける。
⇓
[3] ニンニクの香りが立ち上ってきたら、〈C〉と塩少々(分量外)を加えて
中火にし、タマネギに透明感が出るまで炒める。
⇓
[4] 〈D〉を加えて火を強め、沸騰したら灰汁《あく》を引いて、
静かに煮立つ火加減でジャガイモが柔らかくなるまで煮込む。(約30分)
⇓
[5] 塩、黒胡椒、好みでトマトケチャップ、[1]を煮汁ごと加えて、味を調える。
⇓
[6] 器に盛り付け、イタリアンパセリを散らし、クラッカーを添える。

―― *Step 4*　激辛料理は涙を隠して活を入れる

簡単に手に入ったものは、失うのも簡単なのかもしれない。

千花は店の前の道路を掃除しながら思う。

憧《あこが》れた和物雑貨の店、正社員の仕事。

当たって砕けろと、とりあえず履歴書を渡しに行ったらその場で面接ともいえないほど簡単な面接で採用されてしまった。

それから、一週間。正直、千花は自信をなくしていた。

出勤は九時。

すでに源治郎は事務所にいる。

千花は源治郎に挨拶《あいさつ》をしてから、二階の一番奥、更衣室代わりの和室で着物に着替える。

風呂敷《ふろしき》に包んで持ってきた着物や帯、襦袢《ジュバン》など一式は、源治郎から制服代わりと渡された。

大小あられ柄珊瑚《さんご》色《いろ》の江戸小紋に、若草色の帯を締める。

全身鏡の前で着付けをチェックし、それから開店準備にかかる。

新人である千花の一番の仕事は清掃だ。

十時の開店前に一階の売り場、二階の事務所兼倉庫、店の前の道路を終わらせなければならない。

慣れない着物姿で掃除をするのは想像以上に大変だった。着崩れるし、借り物だから汚しちゃいけないと思うと動きがギクシャクし余計に時間がかかる。

しかも、この着物は亡くなった源治郎の妻の形見なのだと、同じくこの店で働く工藤晴江《くどうはるえ》から聞いた。汚れ一つ、傷一つつけては申し訳ないと、ただでさえ着物で働くのに慣れていないのに、余計に動きが関節が錆《さ》びたアンドロイドのようになってしまう。

「ここに埃《ほこり》が残っているだろーが。ちゃんと気合いれて掃除せんか」

「帯が崩れている。みっともねぇ格好してんじゃねぇ。客商売だ。相手を喜んで迎える気持ちがあんのか？」

「商品をもっと丁寧に扱え」

開店前に店の隅々をチェックする源治郎に怒鳴られながらだめ出しをされる。

千花は素直に指摘されたことを実行する。

接客中もそうだ。

さすがに客の前で怒鳴られることはないが、二階に呼ばれてさんざん叱《しか》られる。

書類の不備や間違いがあったときは、殴られる勢いで怒られる。

小売業は千花にとって初体験だ。

覚えなければならないことはたくさんある。店で扱っている商品の知識もたたき込まなくてはならない。

怒鳴られることに慣れていない千花は最初大いに戸惑い萎縮《いしゅく》した。

しかし、源治郎の言っていることは間違っていない。

だからこそ、千花は自信をなくす。

もしかして、そろそろクビになるのではないか、と。


「わりどもすてこ待ってけれっ！」

しまった！　方言が出てしまった。

観光モデルコースから少し離れた裏道にあるこの店は、仲見世《なかみせ》通りの店のように大勢の客で溢《あふ》れるようなことは珍しい。

だが、今日は関西人の団体客が押し寄せ、彼らは商品について次から次へと質問し、値段交渉まで持ちかけ、まだ接客になれていない千花は圧倒的なパワーに押されて慌てふためき、つい悲鳴のように方言が出てしまった。

「す、すみません。少々、お待ちくだせえ」

慌てて標準語に言い直したら、今度は変な時代劇言葉になってしまった。

ますます焦ることになり、動作までギクシャクして不信感を与えてしまったようだ。

慣れない接客業。これほど大変だとは想像していなかった。

もともと人付き合いがうまいほうではなかった。人見知りするタイプだった。自分の適性も考えず、一目惚《ひとめぼ》れしたという理由だけで和雑貨の店で働きたいなんて甘かったのだ。

ようやく団体客が引いていくと、入れ違いに白人の女性がふたり入ってきた。

「Hello」

気さくに声をかけてきたふたりに、挨拶を返そうとした千花の喉《のど》が凍り付く。

スディールにいきなり英語で話しかけられ、無視されたことが甦《よみがえ》る。

Welcome.

Can I help you.

接客マニュアルに書いてあった英会話の文章が頭に浮かぶが、口に出る前に絡まって消えてしまう。

「い、いらっしゃいませ」

引き攣《つ》った笑顔で答えるのが精一杯だった。

声をかけられませんように。

千花は目を合わさないようにして、商品整理に勤《いそ》しむ。

彼女たちは三十分ほど興味深そうに扇子や風呂敷を手にとって話し合っていたが、結局何も買わずに店を去っていった。

なにも購入されなかったことを残念に思う気持ちと、声をかけられなかった安堵《あんど》の気持ちの半々で、千花は去っていく彼女らに「ありがとうございました」と頭を下げる。

「お前さん、客を迎える喜びはねぇのか?」

いつの間にか一階にやってきていた源治郎の声に、千花は驚いて小さく肩を跳ねさせた。

「え? あの?」

「客が来て嬉《うれ》しくねぇのかって聞いている」

「まさか、そんなこと」

この店は素敵だし、置いてある商品も日本の伝統技をモダンにアレンジした、世界に誇れる商品だと思ってる。

この店と商品が好きだ。だから勇気を出して履歴書を持ってきたのだ。

ここにある商品が日本全国に、世界中に伝わってくれるのを心から望んでいる。

クオンが自国の風景を写したポストカードを自慢げに見せるように。

「じゃあなんで顔を引き攣らせ、客から逃げる?」

千花は源治郎の言葉を否定……できなかった。

客を歓迎するより、商品を売ろうとするより、とにかく無難に過ぎてくれればと、それを一番先に考えていた。

「アルバイトじゃなく社員を募集しているのは、本当の仲間が欲しいからだ。俺は日本中から集めてきた、日本のよき伝統を広めたくてこの店をやっている。いずれは海外に店舗を作りたいという夢だってある。ここにある品を、それに興味を持ってくれた客を好きになれないようなら――」

　違う！

　千花は心の中で否定する。

　外国人に怖《お》じ気づいてしまったのは確かだが、店も商品も本当に好きだし、源治郎の夢を叶《かな》える手伝いがしたいと思っている。

　うまく言葉にできないで突っ立っている千花に、源治郎が最終通告のように言う。

「お前さんもつまらねぇだろ。人生は長いようで短い。つまらないことに時間を割くのは無駄だ。辞めちまったほうがいいんじゃねぇか？」

❀

「スティール起きろ！　学校だ！」

　橋島がスティールの部屋、千花の隣の隣の部屋のドアを蹴《け》る。

　飛び起きたのはスティールではなく千花だった。ちなみに隣の部屋の歌穂はすでに外出している。

　今日は休みなのでだらだらと二度寝、三度寝を繰り返していた千花は、橋島の怒鳴り声に驚いてそっとドアを開けた。

廊下の端、階段に近い部屋の前に立っていた橋島と目が合うと、彼はちょこっと驚いたように目を開き、それから決まり悪そうに笑って小さく頭を下げる。

「あ、ごめん。もうスディールしかいないと思って。起こしちゃった？」

「だ、大丈夫です。もう起きなきゃと思っていたので」

千花は顔を引っ込める。

朝から橋島がいるのも珍しいが、スディールがいるのも珍しい。

外泊が多く、ゲストハウスにいてもほとんど部屋に籠《こ》もってばかりのスディールがいるんだと思うと、千花はちょっと緊張する。

唯一、未《いま》だ会話らしい会話を交わしていないゲストだ。

前に話しかけたらいきなり英語で返された。

英会話ができない千花にはそれだけでもプレッシャーで、こちらから話しかけるには勇気がいる。

顔を洗いに行きたいが、スディールとかち合うのはなんだか嫌だ。

グッドモーニングぐらいは言えるし、挨拶ぐらいは向こうだってしてくれるだろうが気が向かない。

橋島が学校とか言っていたから、時間をおかずすぐに洗面台に出てくるだろう。彼が使い終わってから部屋を出ればいい。今日は一日暇なのだから。

千花は布団を畳みながら、ドアの向こうの音に注意する。

スティールが部屋を出てくる気配はしない。

「おら、スティール。起きろって！」

再び橋島の声。

どうやらスティールは寝起きが悪いらしい。

「起きろ！　ドア取るぞ！」

え？　開けるじゃなくて、取るってどういうこと？

しばしの沈黙の後、ガタガタガタと廊下を揺らすような重たい音が響き、ガコッとなにかが外れる大きな音と振動がした。

千花はそっとドアを開けて首を出し、目を疑った。

スティールの部屋のドアが本当に取れていた。一枚板のようになった扉は、廊下の壁に立てかけてある。

橋島の姿はない。と、思ったらTシャツにスウェットを穿《は》いたスティールの首根っこを摑《つか》んで廊下に出てくる。

「スティール。出席率が八十パーセント切ったらまずい。アルバイトができなくなる」

「オーナー、うるさい」

ようやく起きたスティールを引き摺《ず》るようにして千花の部屋の前を通り過ぎ、洗面台に無理矢理向かわせる。

スティールが顔を洗い出すのを確認して、橋島は千花に近づく。

「ごめんね、本当にうるさくて」

「あの……ドア」

「ああ、あれね。大丈夫、このコツは俺しか会得していない。あ、緊急時にしかこの技は使わないから、安心してね」

そういう問題じゃない。いや、そういう問題かもしれないけれど、そもそも前提がおかしい。

「何しろ古い家だから。いろいろと裏技があるんだ」

ロールプレイングゲームのダンジョンじゃないんだから。

千花はなにも言えずただ唖然《あぜん》とする。

顔を洗い終えたスティールが戻ってくると橋島がまた首根っこを掴み部屋へ連れて行く。

「ほら、早く学校へ行く！」

「わかったって」

橋島は部屋でスティールを見張っているようだ。ドアがないので、声は筒抜け。

あまり関《かか》わりたくない。千花はそっとドアを閉めた。

三月に入ったばかりだが、風はすでに春の気配を孕《はら》んでいる。

千花はスケッチブックと色鉛筆を持って外出する。

もう定位置となった隅田公園の一角に腰を降ろして、途中のコンビニエンスストアで買ったサンドウィッチを囓《かじ》りながら色鉛筆を走らせる。

今スケッチブックに描いているのは風景画ではない。隅田川を背景に公園で遊ぶ子どもたち。子どもたちは千花の想像だ。

春の気配がするといっても、まだまだ冬の空気が濃厚だ。まだコートは手放せない。

ただ日中は外で三、四時間絵を描いていても苦痛ではない程度に気温は上がっている。

色鉛筆を滑らせながら、千花は源治郎の言葉を心の中で繰り返す。

クビにはされなかったが、辞めることを勧められた。辞めたくはない。せっかく手に入れた仕事というのはもちろんだが、あの店に並ぶ商品を心から素晴らしいと思っている。

日本の伝統美を世界中に知って欲しい、という源治郎の夢も同じく素敵だと心から思う。

気持ちはあるのに、行動が伴わない。

臆病《おくびょう》な自分が嫌いだ。

なにがなんでも克服しなければ。

役に立たないなら、あの店にいる資格はない。

千花は色に染まっていくスケッチブックを見つめながら、昔から臆病だったなと母のことを思い出す。

絵を描くのは子どもの頃から好きだった。唯一の趣味といってもいい。子どもの頃は親はなにも言わなかった。画用紙とクレヨンを与えておけばおとなしいい子でいたから。

だが大きくなってもお絵かきをしている子どもに親は、特に母親はいい顔をしなかった。絵が上手《うま》くたっていいことなどなにもない。

絵よりも勉強が得意とか、料理が得意とか、そのほうが人生の役に立つと信じて疑わなかった。

ちょっとした趣味、息抜き、そういうには千花はのめり込みすぎていた。

中学、高校と一回ずつ学生絵画コンクールで賞をとったときのこと。千花を褒める学校の先生や生徒たちと反対に、親は冷ややかだった。

絵描きで食っていけるなんて、本当の天才の天才でなければならない。

千花がそんな何万人に一人のわけがない。

下手に娘を刺激しないで欲しい。

娘には家事が得意な慎ましい娘として結婚して子どもを産んで平凡な幸せを築いて欲しいのに。

学のある女は縁遠くなる。大学なんか行かなくていい。もともとそんなに成績はよくないんだから。それより家事を手伝い、地元の会社に就職してさっさと結婚すればいい。それが凡庸な娘の幸せ。

両親は頑《かたく》なにそう信じていた。

だから、いつもこっそりと隠れるようにして絵を描いていた。

でも、今は違う。自分は自由だ。

学校の絵画コンクールの他に、もう一つ賞をとったことがある。

絵本や児童文学書を主に扱っている出版社のイラストコンテストで金賞を。

賞金は五万円。出版社のホームページにイラストは紹介されたが、仕事を依頼されることはなかった。

そのことで思い知った。絵で食べていくのは難しすぎる。だから絵で食べていこうとは考えていない。

趣味の延長でいい。

――せっかく東京に来たんだもの。いろんなことにチャレンジするといいわ。

――どんどんやりたいことにチャレンジしなさい。たとえ結果が伴わなくとも、あなたの素敵なところが増えていきますよ。

ビッグマムの言葉に優しく背中を押され、絵を描き続ける。

でも、一番の理由は親の目を気にしなくていいからだ。

「どうすれば臆病でなくなれるのかな……」

自分の絵に問う。

頑張りたい、役に立ちたい、その気持ちは本物なのに。

ふう……と小さくため息をつき、川の向こうの空の色が濃くなってきたのに気づくと、とたんに空気が冷たく感じた。

今日はここまでかな、と千花が道具をしまい始めると、けたたましい笑い声が聞こえて反射的に肩が上がる。

二十歳を超えているかいないかわからないぐらいの男が五人、ビール缶を片手に騒ぎながらこちらに近づいてくる。

だいぶ酔っているのか、はしゃぐを通り越してバカ騒ぎしている。声が大きく、服装も歩き方もだらしない。

暖かくなってきたせいか、最近は公園を散歩する人が多くなってきた。

犬を連れている人、カップル、買い物帰りの主婦。

だが日が陰ってくるとたんに冬の寒さに戻ってしまうので、人影はどんどん減っていく。

周りを見れば公園を我が物顔で闊歩《かっぽ》する五人の男と千花しかいない。

絡まれたりしたら面倒だ。

バッグを肩にかけ立ち上がる。一瞬、五人の中の一人と目が合った。すぐに目を逸《そ》らして駆け出す。公園を離れて道に出てしまえば、店や事務所、家など人目がある。

逃げるように走り出した千花の背後から、揶揄《やゆ》するような声が聞こえた。酔っているせいか滑舌が悪く何を言っているのかは聞き取れなかったが、声の調子と下卑た笑い声でなんとなく内容は予想できた。

このあたりでホームレス襲撃事件があったことを思い出す。

千花は大通りにでるとようやく歩調をゆるめ、人心地つく。

「気をつけないと」

バッグを持ち直し、さてこれからどうしようと腕時計を見る。

時間は午後五時。夕食にはまだ早い。

わすれな荘に帰って部屋で絵の続きを描くというのもありだが、せっかくここまできたのだから浅草まで足を延ばしてみるのもいいかなと考える。

コートの前ボタンを留めて歩き出す。少しずつ街が賑《にぎ》わいを見せてきて、カメラやお土産を手にした観光客らしき人が多くなる。

浅草といえば浅草寺《せんそうじ》があまりにも有名だが、徒歩圏内には浅草七福神を祭る吉原《よしわら》神社や鷲《おおとり》神社、今戸神社などを始め、たくさんの寺社が存在する。せっかく浅草近くに住んでいるのだから、日本の伝統と未来が混じった摩訶《まか》不思議な風景もスケッチしたい。

スケッチポイントを探しながら歩いていると、浅草寺の裏側に辿《たど》り着いた。

花やしきが近いこの周辺には飲み屋を始め、飲食店が軒を連ねる。日本人はもちろん、髪の色も肌の色も服装も様々な他国の人々の話し声と笑い声が道まで漏れている。

焼き鳥のにおいが千花の胃を刺激し、訴えるようにキュルキュルと鳴り出す。

タレと炭のにおいが煙に溶けて行き交う人々を誘う。

千花も足を止めて今夜の夕飯に買っていこうかと迷っていると、見覚えのある人影が近づいてきた。薄暗い中、お互い握手ができるほどの距離になるまで気がつかなかった。

挨拶を交わさなくては不自然な距離であった。

「スディール、え、えと、こんばんは」

つい日本語が口をついてしまったと千花が慌てて英語で言い直す前に、スディールは一緒に居る友人、顔つきからたぶん同じ国の友人をちらりと見てからボソッと言った。

「こんばんは」

日本語で返ってきたのに驚き、一瞬動きが止まってしまった。だが、驚きはすぐに嬉しさに変わって、千花は笑顔で会話を続けた。

「学校はもう終わったの？　これからわすれな荘に帰るんだけど、夕飯はどうするか決めている？　それともお友だちと夕飯食べてから帰るの？」

スディールは彫りの深い顔を顰《しか》めた。

なんだろう？　気に障ることを言ってしまったのか？

「I'll be staying at his room tonight.」

また英語だ。とっさのことで聞き取れず、返事のしようがないまま千花が焦っていると、スディールは隣の友人に二言三言呟《つぶや》き、そのまま千花を無視するようにして歩いて行ってしまった。

彼とは仲良くなれなそうだ。

千花は肩を落として焼き鳥屋の前を通り過ぎる。

さっきまで騒いでいた胃まで、すっかりしょげてしまっている。

お互い長期宿泊者。これからも顔を合わせる機会が多々あるだろう彼とは、できればクオンのように仲良くなりたかったのに。

もう今日は帰ろう。

千花はとぼとぼと来た道を戻る。

わすれな荘に帰ると、珍しく橋島がリビングで留守番をしていた。

留守番と言っても、集めたクッションの上に寝転んでテレビを見ているだけだが。

そういえば朝もスディールを起こしていた。橋島がずっとわすれな荘にいるなんて珍しい。

「翔太さんはお休みですか？」

「うん。一応、お休みは週二って条件だから」

橋島がいじけた声を出す。

「休みっていってもここに住んでいるから、なんだかんだで仕事してくれているんだけどね。今日は一日外出するとか言い出してさ～」

それが嫌だから外出したのではないだろうか。

「千花ちゃん、夕飯は食べてきたの？　まだならピザとらない？　割り勘で」

「橋島さんしかいないんですか？」

千花は天井に視線を上げて尋ねる。

物音一つしないところ見ると、クオンも歌穂もドイツ組も帰っていないようだ。

クオンはだいたいバイト先のフランス料理店の賄いで済ませているし、ドイツ組も基本外食だ。歌穂は外食してこないときはインスタント麵《めん》やパンで軽く済ませる。橋島はたいてい飲み歩いている。

基本的に自炊しているのは翔太と千花で、最近はなんとなく交代で食事を作るようになった。

「冷蔵庫にあるもので、なにか作りましょうか？」

「え、いいの？　やったー」

橋島が子どものように両手を上げて無邪気に喜ぶ。

「材料は橋島さんがもらってきたものを使わせてもらいますから」

冷蔵庫にはわりと定期的に、橋島がお駄賃代わりにもらう野菜や肉が補充されていて、翔太や千花はそれを使って夕飯や朝食を作っている。

材料費を浮かせてもらっているから橋島さんになにかお礼したほうがいいでしょうかと相談したら、翔太は胸を張って、僕たちは生ゴミがでないよう働いているんだからいいんだよと断言した。

確かに橋島はいろんなものをもらってくるが、自身が使っている様子はない。というか、料理ができるようにも思えない。

「なにがいいですか？」

「なんでもいい」

橋島がテレビを見ながらひらひらと手を振っていると、玄関のドアが開いて翔太が入ってきた。

「おや、お帰りー」

橋島が声をかけると、翔太は靴を脱ぎながら苦笑する。

「さすがに今日はちゃんと留守番していましたね」

橋島が口を尖《とが》らせる。

「俺はオーナーだよ。ちゃんと責任を果たすさ」

どの口が言うんだという表情で翔太が続ける。

「じゃあちゃんとスディールを起こして学校にやったんだね」

「起こしたよ。あいつなかなか部屋から出てこなかったから、ドアを外しちゃったけど。無理矢理布団から引っ張り出して、顔洗わせて宿から出したさ。あ、そういえばスディール帰ってこないな。今日はバイトがなかったんじゃないか」

「明日も学校だろ。欠席したらまずいな」

千花の心臓が跳ねる。

「あ、あの、学校を休むといけないんですか？」

そりゃ学校を休むのはよくない。わざわざ旅費や滞在費、学費を払っているのだ。だけど結局は本人のやる気の問題で、翔太や橋島が気をもむことはないと思うのだが。

翔太が小さく肩を竦《すく》める。

「外国人留学生はあくまでも学びのためにきているのであって、学校の出席率が八割を切ると留学生の振りをした不法労働者とみなされたり、ビザの更新ができなかったり、下手すると強制送還されるんだよ」

高校生や大学生が留年するのとは重さが違う。自分の国籍でない国で学ぶという厳しさを千花は初めて知った。

「スティールは出席率が悪いんですか？」

「うん。今日、彼の学校に聞いて来たんだけど、かなりギリギリ。一ヶ月前ぐらいから友人の家に入り浸って、バイトも休みがちらしい」

千花はスティールの隣に立っていた、彼に似た年格好の青年を思い出す。

「また外泊かな？」

「今頃なにをしているのか」

橋島と翔太が肩を落とす中、千花は思い切って言う。

「今日の夕方、浅草でスティールを見掛けました。友だちと一緒でした」

翔太が顔を上げる。

「スティール、なにか言ってた？」

「あ、あの英語でなにか。私、とっさのことで聞き取れなくて。でも、ステイ、ヒズ、ルームって外泊するってことでしょうか？」

橋島と翔太が顔を見合わせる。

「外泊か」

「明日、学校に行くかも怪しいな」

橋島がよっこらしょと立ち上がった。

「さて、翔太くんが帰ってきたことだし、俺は飲みに行くことにするよ」

「え?」

翔太が帰ったとたん仕事放棄か。唖然とする千花に橋島がヘラヘラと笑う。

「ごめんね千花ちゃん。手料理はまた今度に。あ、でも余ったら明日食べるから、冷蔵庫に入れておいて」

「なにを図々しい」

翔太が橋島に非難の目を向ける。

「一日中、家の中にいたんだもん。精神的な拷問だよね。羽を伸ばさないと」

「そっか。僕は毎日精神的な拷問を受けていたんだ。そんな悪条件の労働なら、もっと給与を上げてもらわないとなぁ」

玄関に向かう橋島の後ろ姿に嫌味を投げる。が、橋島は完全に無視し、労働のあとの一杯はうまいだろーなぁ、と言いながら出て行った。

「やれやれ」

翔太はクッションを一つ摑んで座り、上半身を座卓に投げ出す。

「お疲れですか?」

千花が声をかけると、翔太が脱力した笑いを浮かべる。

「あの、翔太さん」

「ん？」

「私、スティールに嫌われたんでしょうか？」

「へぇ？　なんで？」

翔太は相当疲れているのか、驚きの声も気が抜けている。

「翔太さんや橋島さんとは日本語で話すのに、私には英語で返すんです。日本語で話しかけているのに。私が英語話せないの、たぶん気づいているはずなのに。今日だって、途中からいきなり英語で返事をして。だから私、彼がなにを言っているかよくわからなくて」

翔太は少しだけ考える。

「たぶん、日本語を聞き取れなかったんだと思うよ。相手の言うことがわからないと、彼、すぐにテンパって英語になるんだ」

「え？」

「さきに教えておけばよかったね。彼はまだ日本語が達者じゃないんだ」

「でも、翔太さんや橋島さんとは」

「彼と日本語で会話するのはちょっとコツがあるんだよ。彼が習得している範囲の単語と文法だけで話しかけるんだ。単語は小学校低学年が知っている程度と考えればいい。文は短く。例えば『欠席率が上がるとビザの更新が難しいので、ちゃんと学校に通わなくてはいけません』なら『欠席が多いとビザの更新が難しい。ちゃんと学校に行きなさい』みたいにね」

「そうなんですか」

千花はクオンに話しかけるように、なにも考えず普通に自分の日本語レベルでスディールに対していた。

「英語は達者だから、歌穂ちゃんやオリバーたちとは英語で会話しているみたいだけど。日本語を学びに来ているから、僕はなるべく日本語で会話するようにしているんだ。千花ちゃんも日本語でどんどん話しかけてあげるといいよ。少しゆっくりめに、文章を短めにすれば、だいたいスディールは理解できるよ」

嫌われていたわけじゃないとわかると、千花の心が軽くなる。

「わかりました。彼にもっと話しかけてみます。一つ屋根の下、できれば仲良くなりたいし」

「うん。ただ、今彼はちょっとナーバスになっているから。もしかしたら、そっけなかったり、乱暴なことを言ったりするかもしれないけど、あまり気にしないでね。いわゆる留学生の倦怠期《けんたいき》なんだ」

「留学生の倦怠期？」

「ちゃんと学校に行ってくれるといいんだけど」

もっと色々聞きたいことはあったが、翔太が疲れているようなので遠慮した。

スティールに嫌われていないとわかれば十分だった。

✿

千花は内気であまり友だちがいない子どもだった。

大勢の友だちと外で遊んだりするよりも、一人で本を読んだり、絵を描いているほうが好きな子だった。

別に珍しいことではない。

男女問わず、クラスに三、四人はそんなおとなしい子どもがいるものだ。

親から見ればもう少し活発に、積極的になって欲しいと思うだろうが、イジメにでも遭っていない限り、ケガやケンカもしない手のかからない子どもだ。

千花の親も男の子に混じって遊ぶ女の子よりも、家で静かにしている女の子のほうを好んだ。

しかし、中学生になっても高校生になっても熱心に絵を描き続けることには賛成しなかった。

親にとっては無駄な道楽に見えたのだ。特に二十歳の時に出版社主催のイラストコンテストに応募していたことがバレてからは、余計に千花が絵を描くことをよく思わなかった。

千花は内緒で応募したが、皮肉にも賞をとったことで、親に知られてしまった。

——そんなことしていたって一文にもならないんだから。

——根暗な趣味ね。そんなんだから恋人もできないのよ。

——絵を描いている暇があるなら家事を手伝いなさい。

秋田から離れた東京にいるというのに、今でも絵を描こうとすると、呪《のろ》いのような母親の言葉が耳の奥でリピートする。

そんな時は、纏《まと》わり付く母の言葉を振り払うように、千花はビッグマムの言葉を心の中で唱える。

千花は描きためた絵のカラーコピーを一枚一枚慎重にチェックする。

原画と色合いや筆跡が微妙に変わるのは仕方がない。

売り込みに必要なのは、まず営業用の資料を作ることだ。自分のイラストを二十から三十点ほど。相手に渡すものなので原画ではなくカラーコピーでいい。それと別に、正確な色味を見せるために、コピーでなく原画を入れたファイルも用意しておく。

まずはこれを用意して出版社に行く。

最初は賞をとった出版社に行くことに決めていた。

唯一、コネがある出版社だ。それ以外では忙しいとかの理由ですげなく断られることも覚悟しなければならない。

話し下手な自分がどこまでできるかわからない。

だけど、売り込みに行くなんて、秋田にいた頃には想像さえしなかった。

やるだけやってみよう。

だめでもチャレンジしたことを誇りに思いたい。東京に来た意味ができる。

イラストレーターにふさわしい、自分の絵を入れた名刺も作った。

あとは出版社にアポイントメントをとるだけだ。

これが一番緊張する。勇気がいる。

賞をとった出版社の連絡先はわかる。それ以外の出版社の連絡先は調べるしかない。

インターネットで検索すれば出版社のリストが出てくる。

誰もが知っているような大手出版社から、どんな本を出しているのかわからない小さな出版社まで住所と電話番号が羅列していた。

千花は左手の指先で会社名をなぞりながら、右手でメモ用紙に連絡先を落としていく。

断られたらどうしようと、すでに緊張でボールペンの先が細かく震えて、書いた文字が歪《ゆが》む。

住所を写すだけで心臓がはち切れそうなのに、実際に電話なんかできるのだろうか。

「すごい、上手デスね」

「きゃあああああ」

いきなり背後から脳天気な声が聞こえて、千花はイスから落ちそうになった。

悲鳴を上げた千花に驚いて、クオンも目をまん丸にして固まっている。

「ク、クオン、いたんだ」

「さっき帰ってきたデス。声をかけたけど、千花、夢中で気づかなかった」

座卓に置いた千花のイラストを手にクオンが答える。

時間は午後十一時。

千花は翔太が管理人室に戻ったのを見計らって、リビングでイラストの整理と出版社の連絡先を探していたのだ。

「バイト、もう終わったの？」

「はい。今日は少し早くあがりました」

バイトの日、クオンはだいたい終電で、帰ってくるのは〇時ぐらいだ。

「あ、勝手に見て怒っているデスか？」

クオンが眉尻《まゆじり》を下げて、自分が持っている千花のイラストに目を落とす。

勝手に見られたのは恥ずかしいし、遠慮がないと思う。だが、千花は考え直す。本当にイラストレーターになったら、自分の知らないところで自分のイラストを見られるのだ。恥ずかしいと思うようなイラストを描くのはプロじゃない。

「ううん。いいの。でも汚したりシワをつけたりしないでね。提出するものだから」

「はい。ごめんなさい」

クオンは手に持っていたイラストをそっと座卓に戻す。

「……私のイラスト、好き？」

千花が恐る恐る尋ねると、クオンはパアっと表情を明るくする。

「すごく好き。色も線も優しい。優しい気持ちになれます。ふわふわしています。温かいふわふわデス」

よくわからないが、日本語が達者でないせいだろう。クオンは完璧《かんぺき》ではない日本語で、千花の絵を褒める。その一生懸命さが嬉しい。

「ありがとう」

「どういたしましてデス」

ニコニコと背景に音が見えるほどクオンは満面の笑みを浮かべる。

「Hallo, bin zu Hause!《ただいま》」

「ただいまー」

ドイツ組が陽気に帰宅した。二人とも段ボールを抱えている。

よく見ればオリバーが持っている箱には有名なカップラーメンのロゴ、ヤンの箱には有名な袋入り即席ラーメンのロゴが入っていた。

「ラーメンを箱買いですか？」

なんでそんなものを、と千花が首をかしげる。

さんざんビールを飲んできたのだろう。すでにできあがっているオリバーとヤンが、戦利品のように箱を掲げ、歌うように宣言する。

「日本のラーメン最高！」

「一日一杯、ラーメン食べている！」

「うまみ成分。出汁《だし》最高」

「中華の麺料理とはまた違う」

「いろんな種類、あるから飽《あ》きない」

「塩、しょうゆ、味噌《みそ》、豚骨、鶏《とり》ガラ」

「朝食か昼食はラーメン」

「今やラーメンは、寿司《すし》、天ぷらに次ぐ人気の日本食」

一日一杯のラーメンを食べ続けて、この二人の体脂肪と血圧は大丈夫だろうかと千花は心配になったが、二つの巨体はとりあえず見た限り健康そうだ。

「カップラーメンも素晴らしい」

「即席メンもよい」

「はい。日本のラーメンは美味《おい》しいデス」

クオンも賛同する。

「宿でもそれを食べるのですか?」

　千花の質問にドイツ組はNein《違う》と否定する。

「お土産。ドイツに持って帰る」

「みんなに喜ばれる」

「安くて、軽くて、美味しい。最高！」

　千花は知らなかったが、日本のラーメンはインスタントも含め外国人に人気だった。帰国する外国人がカップラーメンの箱を持っていることは珍しくない。

「帰国、いつ？」

「明後日」

「明後日の朝にはここを出発する」

「大男がいなくなると寂しいデス。リビングが広々しちゃうデス」

　クオンがおどけた口調で言う。

　千花も同感だ。

　二人は観光に忙しく、ゲストハウスにいる時間は少ないが、陽気で存在感たっぷりな彼らがいなくなるときっと寂しくなるにちがいない。落ち込んで帰ってきた時、楽しげにビールを呷《あお》りながら千花に話しかけてくる彼らには、密《ひそ》かに心慰められていた。

　だが、寂しいからと言って彼らを引き留めるわけにはいかない。

　クオンのように自分の気持ちを重たくならずに伝える言葉はないか探していると、玄関の扉が開いた。

どこかふてくされた顔をしたスディールが入って来る。

「お、おかえりなさい」

スディールが千花を見る。顔が赤い。酔っている。

スディールは声をかけた千花もクオンもオリバーもヤンも、まるで存在していないかのように無視してリビングを通り過ぎる。

「待って。スディール」

クオンがスディールを追いかける。

「出席が足りないって本当デスか?」

クオンがスディールの肩に手をかける。スディールはクオンの手を乱暴に払って階段に向かう。

クオンが後を追いながら一生懸命スディールに話しかけていたが、さすがに二階に行ってしまうと会話は聞こえない。

なんとなくしらけたというか解散のような雰囲気になり、オリバーとヤンも戦利品の箱を持ち直し自分の部屋に帰ろうとしたときだった。

天井からスディールの怒鳴り声が聞こえた。

天井越しなのでなにを言っているかはわからないが、スディールが興奮しているということは明白だった。

千花はオリバーとヤンと顔を見合わせる。

二階には翔太がいる。

スティールの声を聞いた翔太が、すぐに出て彼を宥《なだ》めてくれるに違いない。

そんな信頼感があり、千花はリビングを動かなかった。オリバーとヤンも同じ気持ちだったのか、成り行きを見守るように天井を見つめたままだった。

三人が沈黙したほんの数秒後、激しい足音が近づいてきた。

階段を駆け下りる音が消えると、すぐにスティールがリビングに現れ、千花たちには目もくれず玄関を飛び出していった。

追うように現れたのは翔太だった。

スティールが出て行った玄関を呆然《ぼうぜん》と見つめる。

「な、なにがあったんですか？」

千花が遠慮がちに尋ねると、翔太が頭をかく。

「うん。困ったな」

もう寝るつもりだったのか、肌触りの良さそうなコットンの長袖《ながそで》シャツにズボン。

「こんな時間に家出なんて。明日の学校に差し障りがあるとまずい」

クオンが遅れてやって来る。

「ごめんなさい。まさか出て行くとは思ってなかったデス」

しょげたクオンは主人に叱られた犬のように眉をさげてしょんぼりしている。翔太がクオンの肩に優しく手を置く。

「いいんだ。クオンはスディールを心配したんだろ。僕もそうだよ。出席率は悪いし、バイトも休みがちだし。彼を心配してくれてありがと」

クオンが泣き笑いのような顔をする。

翔太は手にしていた携帯で電話をかける。

「あー、橋島さん？　気持ちよく酔っているところ悪いけど、たった今、スディールがクオンとケンカして飛び出していった。もし見つけたらよろしく」

橋島と会話をしながら彼は二階に戻っていき、すぐにコートをとって戻ってくる。

スディールを探しに行くのだと、すぐに千花は理解する。

「私も探します」

翔太が驚いた顔をする。

「だめだよ。こんな時間に女の子が外を歩くのは危ないから」

「でも……」

千花の言葉を聞かず、翔太はゲストハウスを出て行ってしまう。

スディールの行き先に当てがあるのだろうか。

「バスはもうないデス。電車はギリギリ終電があるぐらい。たぶん翔太は駅に行きましたね」

友人の家に泊まるつもりだろうか。友人の家ならいい。暖かいし、安全だ。

「スディールになにを言った？」

責めるわけでもなくヤンが尋ねる。

「スディール、日本に来たばかりの時はよく話しかけてくれたデス。日々の生活のことや授業でわからないところを教えて欲しいとか、ネパールのこととか家族のこととか話してくれました。でも、最近、ゲストハウスにもいないし、話しかけてもこないし。だからなにかあったのか、悩んでいることがあるのかって聞いてみただけデス。翔太から学校を欠席がちだと聞いていたし。ワタシたち留学生には、出席率はとても大事。スディールはずっと無言でしたが、いきなりうるさい、構うなとか英語で叫びだして……あとはこのとおりデス」

千花にはちょっとだけスディールの気持ちがわかった。

クオンはパーソナルスペースが狭く、とても人懐こい。それは素晴らしい美点なのだが、受け取る相手の精神状態が弱っているときは、彼の親切心が重く、プレッシャーにもなってしまう。

千花も仕事が決まらなくて苛立《いらだ》っていたときに、仲がいいとは言い難い両親へ手紙を出したかと無邪気にクオンに聞かれて、彼のことを嫌いになりかけた。

ふてくされた顔で帰ってきたスディール。きっとなにか落ち込むことか嫌なことがあったのだろう。それが学校を休みがちな理由かもしれない。そこに悪気はなくとも、正論は時に人の心を抉《えぐ》る凶器になる。

「もし電車に乗れなかったら帰ってくる。だって、外は寒い」

オリバーが楽天的に言う。

そうかもしれない。でも……。

「誰かが迎えに行ってあげないと、帰りづらいかも」

闇雲《やみくも》に歩き回ってもスディールを見つけるのは難しいだろう。

もし、自分だったら？

自分だったらどこに行く？

この辺りを徘徊《はいかい》している？

暖かいコンビニエンスストアで時間を潰《つぶ》すか、寒いけど公園でしばらく頭を冷やすか。

考えがまとまると同時に足が部屋に向かっていた。乱暴にコートを手にとって玄関に向かう。

「千花！　女性一人じゃ危ないデス。ワタシも行きます」

「大丈夫。わすれな荘の周りをちょっと見てみるだけ」

千花はクオンの声を振り切って外に出る。

昼間は春の顔を見せても、夜はまだまだ冬の支配下だ。

雪国育ちの千花も寒さにコートを抱きしめる。

雪の降らない東京の冬の寒さは秋田と違う。

しっとりと寒さが落ちてくる秋田と違って、東京の寒さは乾いた冷たい風がナイフのように体に突き刺さる。

気温で言えば東京のほうが秋田よりも上だ。しかし、乾燥した空気が実際の気温よりも低く体感に刻まれる。

油断したら、乾いた皮膚が冷たさに捲《めく》れてしまいそうだ。

住宅地なので大声を出すわけもいかず、目だけを頼りに小走りで街を横切って行く。

スティールがどこに向かったかはわからない。

だけど、もし自分だったらと思うと一つ心当たりがあった。

千花自身、癒されたくて足を運んだ場所。

千花はコートの前を摑みながら隅田公園に向かう。

桜並木、たゆたう隅田川、ライトアップされたスカイツリー。

千花は公園の遊歩道をゆっくりと進む。

人影はない。とても静かだ。

微《かす》かな川のにおいと水の音が心地よく染みてくる。

ここにスディールがいなければ、きっと翔太や橋島が見つけ出す。

保証はないが、なんとなくそう思った。

千花は川から吹いてくる冷たい風に顔を背けながら進む。公園の街灯がたよりなく千花の行き先を照らす。

「あ……」

膝《ひざ》をかかえ、背中を丸めるようにして座っている人影を発見する。

街灯にぼんやりと浮かんだ服装でスディールとわかる。

「スディール」

千花は野良猫を怯《おび》えさせないような気持ちで慎重に声をかける。

スディールは険しい表情で顔を上げ、自分を呼んだのが千花とわかると少しだけ表情を緩めた。

「明日、学校ですね」

翔太から言われたアドバイスをもとに、単語単語を区切ってゆっくりと話しかける。

「夜は寒いです。わすれな荘に帰りましょう。みんな心配しています」

スディールは無言のまま動かない。

「ね、帰ろう。クオンも翔太さんも心配している。あなたを探している」

スティールの表情が変化した。

薄暗い中では細かなことまではわからない。

でも、泣きそうな顔だということはかろうじてわかった。

素直にわすれな荘に戻ってくれると千花が思ったとき、スティールが想像もしなかった言葉を投げつけた。

「日本なんか嫌いだ！　日本人も嫌いだ！」

千花はなにも言えずに固まった。

「嫌いだ日本なんて。大嫌いだ！」

日本語で日本を罵倒する。

「日本人なんか嫌いだ！　日本人は醜い！」

「え……あの」

スティールは酔いに任せ、興奮しながら今まで鬱積《うっせき》していたものを吐き出すように、日本や日本人が嫌いとくり返す。

千花は彼を落ち着かせようとなにか声をかけなければと思うが、興奮しているスティールにどうしていいかわからずおろおろしていると、いきなり足下にビールの空き缶が投げつけられた。

「じゃあ、自分の国に帰れよ外人！」

見知らぬ男の声に千花もスディールも反射的に顔を向ける。

スディールにしか神経がいっていなかったから気づかなかった。

いつの間にか千花とスディールは、昼間に見たような柄の悪い五人の青年たちに囲まれていた。

彼らはビール缶を片手に、ニヤニヤとスディールと千花を視線でなめ回す。

「お前何人？　色黒いな。インド？」

「なにしに日本に来たんだよ」

千花は勇気を出して震える声で訴える。

「あの、これは私と彼のちょっとしたケンカで、日本人は私のことで彼は本気で日本を嫌っているとかではなくて、ちょっと酔っ払って……」

スディールに再び空き缶が投げつけられた。

「日本が嫌なら帰れよ」

「今すぐ帰れよ」

「帰れるなら帰ってるよ！」

スディールが怒鳴り返す。

「ちょ、ちょっとスディール」

相手を刺激しちゃダメだ。スディールをおしとどめなければと思うが、手段がわからず戸惑っていると、どんどん若者たちが間を詰めてくる。

「アンチ日本の外人なんか相手していないで、俺らと遊ぼうぜ」

若者の一人が千花の腕を取った。

「ご、ごめんなさい。私は彼を家に……」

千花の言葉なんて聞いていない。残りの四人がさらにスティールに詰め寄る。

「なんだよ」

スティールが剣呑《けんのん》な目で立ち上がる。

だけど四対一だ。

どう考えても勝てる見込みがない。

それは若者たちもわかっていて、余裕の態度で獲物をどう嬲《なぶ》ろうか舌なめずりしている。

千花は掴まれた腕を振りほどこうとするが、酔っていても相手の力は強く、まったく歯が立たない。

「日本人の悪口を言う外国人をボコってやるからさ」

「い、いいえ、いいです。放して下さい」

嫌がる千花を羽交い締めするように抱きしめる。耳元に酒臭い息がかかって、嫌悪と恐怖で胃の中の物が逆流しそうだ。

「や、やめて下さい。放して！」

ふいに背後の男から力が抜けた。

千花を拘束していた腕がだらりと下がって、そのまま地面に倒れ込む。

「え?」

行動の自由を得た千花が振り返ると、橋島がかったるそうに立っていた。

「あれ? ちょっと首にチョップ入れただけなのに、本当に気絶しちゃった。最近の若い子は弱いね」

千花がスティールにかまけて青年たちに気づかなかったように、青年たちも橋島の存在に気づかなかった。

「てめぇ。なにすんだオッサン」

「暴力行為だぞ」

「警察呼ぶぞ」

スティールに詰め寄っていた四人が今度は橋島に向かっていく。

橋島は口の端を上げた。

「若いおにーちゃんたちは知らないかな? ここはかつての山谷ドヤ街、底辺の人間が辿り着く地獄の一丁目。ここに住むおっさんたちは荒事に慣れているんだ。無法者やヤクザ、警察と殴り合いなんて日常茶飯事。警察に連行されたことなんて何度もある。どうだ、男同士、拳《こぶし》で語り明かそうか。夜は長いぜ」

若者たちは四人。人数で勝っている。同時に飛びかかれば勝機は十分。

「なめてんのかオッサン」

四人がファイティングポーズをとる。

橋島も一歩下がってファイティングポーズをとり、陽気に歌うようにスディールに言う。

「おう、スディール、お前も手伝え。日本人が嫌いなんだろ。いい機会じゃねーか。毎日五キロの山道を往復して学校へ通っていたおまえの体力を見せろ」

橋島はスディールではなく、青年たちに向かって言った。人数の不利を誤魔化《ごまか》すため、一瞬でも彼らがスディールを数にいれて怯《ひる》んでくれたら幸いだ。

四人が固まった。

背後の褐色の肌をした男がもしかして……という不安に。

だが、彼らもそこそこケンカ慣れしているのだろう。相手はオッサンと酔った少年。余裕が見える。

先手必勝だと思ったのか、不安を一掃したいのか、一人の青年が橋島に襲いかかった。

橋島は彼のパンチをひらりとかわし、同時に足払いを仕掛ける。

殴りかかった青年がバランスを崩して地面に手をついた。

橋島は確かに荒事に慣れている。

千花だけでなく、その場にいた誰もが思った。

「うう っ……」

気を失っていた若者が起き上がる。立ち上がり軽く頭を振っていたが、すぐに状況を思い出し橋島を睨《にら》みつける。

「てめぇ！」

彼が橋島に殴りかかる。橋島はするりと避けた。

一人が復活したところで若者たちの士気が上がる。人数では彼らが有利。

いきりたつ若者たち。千花はどうしていいかわからずコートの前を握ってただ視線を彼らに注ぐ。

「ふざけんなオッサン！」

若者が橋島に殴りかかり、千花はギュッと目を閉じる。視界がなくなった分、敏感になった耳が、ちょっと発音のおかしい日本語とドイツ語を捕らえた。

「大きな声が聞こえたから来てみれば」

「Es wurde gefunden!《見つけた》」

聞き覚えのある声に目を開ければ、戦意を喪失した青年たちがまず目に飛び込んできた。

公園に新たに現れたのはたった二人。

だが、彼らの体格は青年たちを怯えさせるに十分だった。

身長約二メートル。がっしりした体格の金髪と赤毛。オリバーとヤンがのしのしと近づいてくる。

「千花！　スディール‼　……オーナー？」

「なんで俺を見てテンションが下がるんだよ」

橋島がオリバーに向かって口を尖らす。

「und《と、》, Wer?《誰？》」

ヤンは別に威圧したつもりはないが、ガタイのいい長身の男に見下ろされる形になった若者はすばやく仲間同士目配せして、捨て台詞《ぜりふ》さえ残さず早足で去っていった。

「寒いからさっさと帰んぞ」

橋島が酒臭い大きなくしゃみをしたあと、寒い寒いと言いながら背を丸めて歩き出す。

先頭を橋島が歩き、次にスディールと千花が続き、しんがりを務めるようにドイツ組が後をついてきた。

わすれな荘に戻った千花たちをコーヒーの香りが迎えた。

「お帰り。寒かったでしょ」

リビングでは翔太とクオンが待っていた。

「コーヒー飲む？」

翔太が立ち上がりながら千花たちに声をかける。

「頼む」

橋島が短く答えてコートも脱がずに座卓につく。

クオンがなにか言いたげにスディールを見つめるが、スディールのほうはなにも言わずにリビングを横切り、やがて二階へ上がる足音と扉が乱暴に閉められる音がした。

オリバーとヤンはリビングに置いたままのインスタントラーメンの箱をそれぞれ持つと、部屋でビールを飲みながら荷造りすると言って去っていった。

台所のほうから、翔太が「お疲れ様、ありがとうね」とドイツ組にかけた声が聞こえた。すぐにコーヒーの香りが強くなり、トレイに四つのカップを乗せた翔太がやってきた。

「千花ちゃんもお疲れ様。ありがとう」

翔太が労《ねぎら》いながら千花の前にコーヒーを置く。

「でもね、夜は危ないから。今は悪い奴が夜遊びを始める時期だから。一人で出て行っちゃだめだよ。オリバーかヤンを連れて行けばよかったのに」

橋島がズズとコーヒーを行儀悪くすすりながら注意する。

「ごめんなさい」

「もう少し暖かくなれば、人通りも増えて今夜みたいなこともなくなるけど。今の時期はだめ。もし夜に出歩くことがあれば、俺か翔太くんに言ってね。どっちかがお供するから」

「はい」

どうせ翔太に任せる気だろうな、と思ったが口には出さない。それに〇時を過ぎた時間に外に出るようなことは、まずないだろう。

「俺が見つけたらからよかったものの」

まだ続くのか、といいかげん千花も閉口するが、同時に一つの疑問が浮かぶ。

「見つけたって、偶然通りかかったとかじゃないんですか？」

「違うよぉ。ホームレスのおっさんたちに聞き回ったんだよ。ホームレスの情報網を甘く見ちゃいけないよ。彼らはいろんな情報を共有して生きているからね」

「ここら一帯をねぐらにしているホームレスは、ほとんど橋島さんの飲み友だちだしね」

翔太が決して褒めてはいない口調で付け加えた。

「……ワタシのせいデス。みんなに迷惑かけた。ごめんなさい」

ずっと黙っていたクオンがうつむいたままボソリと言う。

「ワタシが余計なこと言って、スディールの気分を害したんデス。きっと」

「クオンのせいじゃない」

橋島がクオンにデコピンする。

「痛いデス！」

痛みのあまりクオンが顔を上げた。

「スディールは倦怠期に入ったんだ。今夜は逆にいいガス抜きになったかもしれない。まあ、これから彼がどうするかだけどな」

「倦怠期？」

千花が首を捻《ひね》ると、翔太が説明する。

「長期留学生によくあることだよ。恋人の間にもあるでしょ。付き合い始めはアツアツでも、三ヶ月頃になると相手の欠点とかが見えてきて別れるって。俗に言う魔の三ヶ月目。留学生も日本に来たばかりの時は希望と期待で満ちていて、目にする物、手にする物なんでも珍しくて、男女で言えば相手に夢中な時期だ。でも三ヶ月ほど経《た》つと自分の国や家が恋しくなる、異国での生活にストレスも溜まる、思うように授業について行けなくなるときもある。最初は日本大好きでやってきた留学生も、だんだん日本の嫌なところが見えてきて、心身ともにストレスを溜《た》めていく。授業を休み始めるのもこの時期で、そんな彼らの出席率を落とさせないようするのが一番大変だったな」

日本語学校の教師として何人もの留学生に接してきた翔太が懐かしそうに目を細める。

「実際に体力的な限界も来るんだよ。家からの仕送りですべて賄えるほど裕福な留学生はごく一部。たいていの留学生は慣れない異国暮らしに加えて労働《バイト》までしている。留学生はあくまでも勉学のために日本に来ているという名目上、労働は週二十八時間以内と法律で定められていて、決まった時間内で必要な額を稼ぐとしたら、どうしても時給のいい深夜バイトになりがちだ。学校から帰って短い仮眠を取って深夜働き、また短い仮眠で学校へ行く。そりゃ疲れるよ。だいたい三ヶ月から六ヶ月内に倦怠期がやって来る。これを乗り切れるかどうかが留学成功の鍵《かぎ》なんだ」

千花は言葉を失う。正直に言えば、留学できるなんて余裕があって才能があって恵まれていると思っていた。

そうじゃないんだ。

目標のために辛《つら》い思いをしながら頑張っているんだ。

「スディールは日本に来て四ヶ月ちょっとか。ちょっと遅い倦怠期だね」

「そういやクオンの時もひどかったな。ハハハ」

「ぼへぐへげっ」

橋島が思い出し笑いすると、クオンがコーヒーに咽《む》せて変な奇声をあげる。

「倦怠期の過ごし方も人によっていろいろだよね」

翔太もつられて笑い出す。

千花は咽せたクオンにティッシュを差し出しながら、彼にもそんな時期があったのかと軽い驚きを隠せない。

「クオンは内に籠《こ》もるパターンだったね。ある日、大量のお菓子と飲み物を買ってきたかと思ったら、ずーっと部屋から出てこなくなったんだよ。まさしく引きこもり」

笑いながら翔太が千花に話すと、クオンはアワアワと翔太の口を塞《ふさ》ごうとする。代わりに橋島が続ける。

「本当に部屋から出てこないし、ノックしても反応がないから仕方なくドアを外したら、こいつ部屋のすみで家族の写真を握りしめながらブツブツと小声でなにかを呟いていて、なんの呪術《じゅじゅつ》かと背筋が凍ったよ。しかも、極力部屋から出ないために、ペットボトルにションベンしていて部屋が臭いのなんのって」

「ちょっとオーナー！　女性にする話じゃないデス！」

翔太の口を塞いでいたクオンが顔を真っ赤にして、今度は橋島に飛びかかる。

座卓の上のコーヒーが波を打つ。

さっきまで落ち込んでいたことをすっかり忘れたクオンが、橋島と取っ組み合いをしている。軽いプロレスごっこのようになり、翔太がそれを眺めて笑う。

明るくて人懐こくて、日本語も達者なクオンにもそんな時期があったのかと思うと、千花の胸にチクリと痛みが落ちる。

みんな足掻《あが》いて藻掻《もが》いて頑張っているのに、自分は？

✿

「へえ。うちがいない間にそんな面白いことがあったんや」

オールナイトで六本木で遊び、始発でわすれな荘に帰って、そのまま部屋で夕方まで爆睡し、ようやく起きてシャワーを浴びた歌穂がタオルで髪をガシガシと拭《ふ》きつつリビングでテレビを見ながら言った。

「面白いって不謹慎デス。みんなスディールのことを心配したんデスよ」

そのスディールはきちんと学校へ行った。今日はオリバーとヤンの最後の夜なので、夕食は皆で一緒にということになっている。

クオンはバイトを休み、スディールはよくわからないがとにかく今夜は早めに帰ってくると言っていたらしい。

今はどこかで飲んでいる橋島も八時には帰ると言っていた。

土産を買いに出ているドイツ組も八時頃には帰るはずで、翔太は今夜のパーティのために買い出し中だ。

留守を任されている千花とクオンから昨日の顚末《てんまつ》を聞いた歌穂が、エレベーターに乗り遅れた程度の悔しさを滲ませた。

「まあ、スディール《あの子》はなんか煮詰まった感があったよね。今回のことをきっかけに一度爆発させたほうがええんやないの？　クオンとは別のタイプやね」

「え！」

クオンの動きが止まる。

「なに？　歌穂はなにを知っているデスかっ！」

「え？　あんたがトイレにも行かずに引きこもっていたこと？」

クオンの顔が真っ赤になる。

「誰に聞いたデスか⁉　その頃、歌穂はここにいませんでしたよね。誰デスか？　翔太？　オーナー？」

「面白い話は自然に広まっていくんだってば」

「もうやだ。穴があったら入るデス！」

クオンが座卓に突っ伏す。

クオンからしてみれば知られたくない黒歴史だろう。

だが千花はそれを知って、クオンのことを尊敬する。

そこまで落ち込みながらも、それを克服して今こうしているクオンに。

玄関の扉が開いて翔太が入って来る。

「ただいま」

「お帰りなさい」

「お帰りデス」

「お帰り」

それぞれの言葉が飛ぶ。

翔太がクスッと笑った。

「ただいまって言って、おかえりってかえってくるのはいいよね」

両手一杯に買い物袋をぶら下げて翔太がリビングに入ってくると、クオンが立ち上がって半分荷物を持つ。

「夕飯の下ごしらえをするデス」

「手伝いましょうか？」

千花も立ち上がる。

クオンは少し考えて、お願いしますと言った。

歌穂はさらさら手伝う気はなく、髪を拭きながらテレビに釘付《くぎづ》けだ。

翔太は事務仕事を終えたら手伝いに行くと言って二階に消えた。

千花は流し台に材料を並べているクオンに尋ねた。

「なにを作るの？」

「心をさらけ出す料理デス！」

クオンが自信たっぷりに答えた。

「すごい！」

「Guten!《すごぃー》」

ドイツ組のオリバーとヤンが帰ってきた時には、すっかり帰国パーティの準備ができていた。

座卓だけでは乗りきらない料理や皿が、パソコンのイスの上にまで乗っている。

「各国それぞれの料理を用意したデス」

中心は大きなボウルに入った酢飯と刺身、手巻き寿司だ。と、思ったら海苔《のり》のとなりにはライスペーパーが用意してある。

刺身と一緒にチーズや春雨、ズッキーニ、セロリ、レタスがあるところを見ると、クオンにとっては手巻き寿司も生春巻きも、巻き料理として同じカテゴリーになるらしい。

酢飯を作り、具を切って並べたのは千花で、ちょっとだけ歌穂も手伝った。

橋島がビール缶を片手に立ち上がり、一同の顔を眺めてコホンと一つ咳払《せきばら》いをする。

「じゃあ、主役が帰ってきたし、さっそく始めよ。えー、この度は数ある宿泊所の中から我がわすれな荘、もといブリッジアイランドを選んでいただき――」

橋島がオーナーらしくカンパイの音頭をとろうとすると、オリバーが茶々を入れる。

「Oh! 初めてオーナーがオーナーらしいことしているのを見た」

橋島の動きが止まり、反対に橋島以外の人間の肩は小刻みに揺れる。

「あー、まあ、気をつけて帰ってね。カンパイ!」

水を差された橋島は、投げやりにカンパイの音頭を取った。

「カンパイ！」

「Gesundheit!《カンパイ》」

オリバーとヤンはまずビールを豪快に喉《のど》へ流し込む。

「これは蒸し餃子《ギョーザ》？」

千花はまだ湯気を立てて、こんもりと盛られている餃子のようなものを指さす。

「餃子じゃないデス。モモというネパール料理デス。ね、スディール」

スディールは場にいるものの硬い表情で、一言も喋《しゃべ》らず寿司を巻いている。クオンが話をふっても小さくうなずくだけ。

昨日の今日だし居づらいのだろう。それでもちゃんと参加しているのは、彼なりに感謝か仲直りの意があるに違いない。

ただ若い彼は、なかなか素直になれないようだ。

スディールとの会話のきっかけになるかと、千花はモモを一つ箸《はし》でつまみ口に入れる。

「美味しい！」

餃子よりも厚い皮はもっちりとして弾力があり、嚙《か》んだ瞬間スパイスと肉汁が口の中に溢れる。餡《あん》は挽肉《ひきにく》と香味野菜、塩、胡椒《こしょう》。肉の旨味《うまみ》を引き立てながらもさっぱりとした味わいだ。

「それは僕が作ったんだ。クオンの指導のもとで。皮は昨日クオンと二人でこねたんだよ。

美味しくできてよかった」

翔太がモモを口に放り込み、満足げに言った。

「ところでドイツ料理は？」

ビールを一缶飲み干したオリバーとヤンがようやく料理に手をつけようとして気がつく。

手巻き寿司兼生春巻き、モモ。日本、ベトナム、ネパールの代表料理が並んでいるが、他は箸休めのつまみのような物しかない。

「そこにあるデス」

クオンが指さした先には、ちょっと萎《しな》びたキャベツの千切り。

「え？」

「Was?《なに》」

ドイツ組の目が点になる。オリバーが箸に引っかけてみれば、それは塩味のキャベツであった。

「ザワークラウト、デス」

「違う！」

「Nein!《違う》」

「フライドポテトもあるデス」

よく見れば、手巻き寿司兼生春巻きの具の中に混ざってフライドポテトが盛ってある。

「ドイツ人はイモとビールがあれば満足すると思っている？　その通りだよ！」

オリバーが一人つっこみをすれば、ヤンが悲しげにボソリと言う。

「今夜、オレたちが主役。なんで、こんなしょぼい？」

「ドイツ料理ってイモとソーセージ以外思いつかない。あんまり美味しい料理があるってイメージがないんだけど」

　歌穂がさりげなく失礼なことを言う。

「さすがにアイスバインは無理でした」

　クオンが白旗を振るように手を挙げる。

「だけどこのザワークラウトはない！」

　オリバーは美味しいイメージがないドイツ料理には反論せず、萎びたキャベツの千切りを悲しげにつまむ。

「発酵させる時間がなくて、ただの塩もみになったデス」

　酸っぱいキャベツという意味のザワークラウトは、日本ではしばしば酢漬けキャベツと訳される。だが、ザワークラウトの酸っぱさは乳酸菌から生じるもので、酢は使わない。漬け樽《だる》にキャベツと塩と香辛料を入れて重しをし、常温で保管するだけ。夏なら三日、冬なら一週間ほどでできあがるドイツの漬け物だ。

　嘆くオリバーをよそに、ヤンは正方形の海苔の上に酢飯を盛り、さらにその上にザワークラウトもどきとフライドポテトを乗せて巻き始めた。

日本人にはできない発想だと、千花は目を剝《む》く。

「ヤンは面白い寿司を作るな」

そう言う橋島はライスペーパーの上に海苔を敷き、酢飯と春雨とエビとチーズとレタスという和洋折衷ならぬ、和越折衷な訳のわからないものを作っている。こちらもなかなかできない発想だ。

オリバーはライスペーパーをうまく巻けず、途中で諦《あきら》めて具を巾着《きんちゃく》のように包んで食べ始めた。

歌穂は取り皿に酢飯を盛って、その上に醬油《しょうゆ》をつけたマグロやイカ、タコ、エビを乗せてプチちらし寿司を作っている。

みんな自由過ぎる。

いやしかし、そんな自由な発想が新しい美味しさを発見するのかもしれない。

千花は湿らせたキッチンペーパーに挟まれたライスペーパーを取り出し、勇気を持って今まで知らない組み合わせの具を巻いてみようかとドキドキする。

いろいろ考えた末、ライスペーパーにレタスとフライドポテトとスモークサーモンとチーズを巻いてみた。

食べてみる。

悪くない。でも、わざわざライスペーパーに巻く必要があるのだろうか？

気がつくと、隣に座っていたクオンがいなかった。

トイレかなと思った時に、チーズのにおいがリビングに流れ込んできた。

チーズのにおいに釣られて、みんなの目がリビングに入ってくるクオンに注がれる。

「本日のスペシャリテ、デス」

クオンが鍋《なべ》を座卓に置く。

溶けたチーズの中に緑と赤のピーマンが浮いている。

チーズフォンデュを連想させた。

クオンがお玉で小鉢に人数分をよそう。

「熱々のうちにどうぞデス」

千花はとろーりと溶けたチーズが絡まった赤いピーマンを口に入れる。

熱い。

千花は顔を顰《しか》める。

熱い？

「！！！！！！」

千花だけでない、クオンから小鉢を受け取ってすぐに口に入れたスディールもオリバーもヤンも橋島も言葉を失う。

「辛い！！！！！！！！！」

先に声を出したのは橋島だった。ビールをグビッと呷る。

ビールでは舌を慰められなかったようで、次に酢飯を口いっぱい頰張《ほおば》る。

オリバーとヤンがたぶんドイツ語であろう訳のわからない言葉を呟き、涙目になりながらとにかく口に食材を突っ込む。

千花の目から涙が零《こぼ》れた。

辛いは許容範囲を超えると「苦い」と「痛い」になるのだと初めて知った。

今すぐ舌を切り取って、口の中から放り捨てたい。

橋島がテレビの横に置いてあるティッシュボックスを取ってきて、豪快に鼻をかむ。

オリバーもヤンもティッシュを二、三枚乱暴に引き出して涙や鼻水を拭う。

千花も止めることができない涙と鼻水をティッシュで抑える。

「ははは。これエマダツィだね」

翔太がチーズだけを口に入れながら笑う。

ピーマンと思っていたのは唐辛子。しかもかなり辛い唐辛子。

口に入れるとチーズの塩味と甘さが広がるが、無害な野菜のふりをした唐辛子を噛んだ瞬間、辛さを通り過ぎた辛さが、熱になり苦味になり痛みになり爆発する。

「なにこの激辛テロ」

橋島が鼻をかみながらクオンを睨む。

「トウガラシとチーズ《エマダツィ》を煮込んだ、世界一辛いと言われているブータンの代表的な料理だよ」

料理の正体を見抜いて、うかつに口をつけなかった翔太が説明する。

「ちょっと待て。このメンバーのどこにブータン要素が？」

オリバーが涙を拭いながら尋ねる。

「日本語学校のブータン出身のクラスメイトに教えてもらったデス」

「そんなこと聞いてない」

「涙と一緒にすべてを水に流したいからデス」

クオンは言い切ると意を決したようにエマダツィを口いっぱいに入れて、悶絶《もんぜつ》する。

「辛い、辛い、痛い、痛い！」

クオンもティッシュを引き抜いて顔に当てる。

「泣けばいいんデスよ。涙と一緒にいろんなものを吐き出せば。みんながみっともなく泣けばいいんデス」

スディールに向けた言葉だと誰もが思った。そのスディールを見れば、やはり皆と同じように涙を流していた。

「日本なんて嫌い。日本人のこういうところが嫌い。気を使ったり、親切にしたり」

作ったのは日本人じゃなくてベトナム人だと千花は言いたかったが、まだ舌が麻痺《まひ》して動かない。

スディールがエマダツィのせいではない涙を流す。

「そういうのが迷惑！　日本なんか嫌い。だけど日本に学ばなければならないことが多い。ネパールは貧乏。技術もない」

途中で英語になってしまったので、千花はなにを言っているか聞き取れない。が、涙と鼻水が溢れ出ている状態では、英語ができたとしても聞き取れなかっただろう。

そもそも周りの人間は自分の口が爆発しそうな辛さを必死に耐えるのに精一杯で、スディールの愚痴や告解に耳を傾けている場合ではなかった。

かろうじてスディールの声を拾っていたのはエマダツィに手をつけていない歌穂と、正体を知っていて慎重に口を運んでいる翔太だけだった。

あとから翔太に聞いた話だ。

スディールの国、ネパールの教育制度は日本人には想像できないほどお粗末である。公立の学校は先生が給与だけではやっていけず、出欠だけとって帰ってしまうことも珍しくない。劣悪な教育環境で、中等教育卒業試験に落ちてしまう生徒も多い。もともと就職難のところに、学歴がなければ国内で就職するのは絶望的。

だから若者の多くは海外に出て行くしかない。パスポート発行所は連日若者で溢れている。

海外に出て行った若者たちのなかには、劣悪な労働条件で働かされ命を落とす者も少なくない。

そんな中、国のエリートとして日本にやって来た、まだ十九歳のスディールの肩に乗ったプレッシャーがどれほどのものか。

千花には想像さえつかない。

家族に会えない寂しさ。心ない日本人から受けた差別。思いの外辛《つら》い学校とバイトの両立。国や親族からの重い期待。

「歌穂ちゃんは食べないの？」

ようやく辛さを乗り越えて声が出せるようになった千花が、手つかずになっている歌穂の前のエマダツィに目を落とす。

「化粧が落ちるからイヤ」

「歌穂はカレーも子ども用じゃないと食べないデス」

歌穂がクオンをキッと睨む。

そういえば醤油皿にわさびをとっていない。素直に辛いものが苦手と言えばいいのに。

ちょっと可愛《かわい》いなと思った。

「今夜はオレたちのサヨナラパーティだよ？」

「なんでこんな目に？」

オリバーとヤンの主張はもっともだ。

サヨナラパーティに涙はつきものかもしれないが、この涙の意味は全然違う。

しかし、これはこれでいい思い出になるだろう。

✿

次の日の朝、オリバーとヤンは大きな荷物と即席麺の箱を担ぎ、ドイツ語の歌を歌いながら陽気にわすれな荘を出た。

彼らの歌に起こされた千花が、窓から体を乗り出して二人に声をかけると、オリバーとヤン、それに玄関先まで見送りに出ていた翔太が振り返り、千花に向かって大きく手を振った。

千花も手を振り返す。

去っていく大きな二人の背中を見送りながら、千花は窓枠についた手に力を込める。

自分はなにを恐れているのだろう。

失敗すること？　クビになること？

完璧でない自分が、完璧になにもかもやれるはずがない。

できることを精一杯やってみるだけだ。

その結果、クビになったとしても、また仕事を探せばいいだけだ。

スティールやクオンたちが背負っているプレッシャーやハンディに比べれば、母国で母国語で仕事を探すなんて楽勝だ。

イラストも売り込みに行こう。

やれることを、やりたいことをもっと頑張ろう。

「いっぺがんばろ」

気合いを入れて布団を畳んでいると、あるアイデアが浮かんだ。

時計を見ればまだ六時半。

出勤までまだまだ時間に余裕がある。

千花はスケッチブックを取りだした。

狭い三畳の部屋に、色鉛筆を走らす音が歌うように流れる。

夢見るレシピ 4　エマダツィ

材料　[4人分]

満願寺唐辛子、伏見唐辛子など(食べやすい大きさに切る) …… 200g
生青唐辛子(縦に2等分し、種ごと使う) …… 5本〜
タマネギ(5mm幅に切る) …… 1/2個
バター …… 10g
〈A〉　チキンコンソメの素 …… 1個
　　　水 …… 200cc
プロセスチーズ(1cm角に切る) …… 30g
塩、胡椒 …… 各適量
炊きたてのご飯(白米1：赤米1で炊くのがブータン風)

※辛みを増すには青唐辛子を増量し、マイルドにするにはチーズを増量する。
※ブータンでは辛みの強い唐辛子を使うが、日本では食感の近い満願寺唐辛子、伏見唐辛子等の甘唐辛子で代用し、生青唐辛子で辛みをつける。

手順

[1] 鍋にバターを入れて中火にかけ、唐辛子類とタマネギを加えて炒める。
⇓
[2] タマネギがしんなりとしてきたら、〈A〉を加えて中火で5分ほど煮込む。
⇓
[3] プロセスチーズを加えて火を弱め、チーズが溶けるまで静かに煮込む。
⇓
[4] 塩、胡椒で味を調える。ご飯を添えて供する。

Step 5　夢見るソウルフード

ヤンとオリバーがいなくなって、わすれな荘がずいぶんと広く感じられ寂しい。二人分の温《ぬく》もりが減って少し室温が下がった気がする。

千花はリビングで小さなため息を吐《つ》く。

「歌穂ちゃんも来週には神戸に帰っちゃうしね」

翔太が内職のテストの添削をしながら、千花の心を読んだようにつぶやいた。

「来週？　まだ春休みはあるのに」

大学が始まるのは四月から。まだ、三月半ばだ。

「新学期に向けて準備とかあるんじゃない」

なるほど。春休み一杯東京にいる必要はない。そもそも彼女は観光できているのだし。

千花は歌穂と約一ヶ月一緒に暮らしていることになるが、特別仲良くなったわけではない。

彼女は外出が多く、時には東京の友人の家に泊まり、わすれな荘にいる時はたいてい部屋に籠《こ》もっている。

オシャレで気楽な大学生と社会人ではなかなか話題も合わない。会えばもちろん挨拶《あいさつ》するし、リビングにいるときは当たり障りのない雑談ぐらいはする。その程度だ。

それでも日本人で唯一の女性客だった歌穂がいなくなるのは寂しい。

「仕事はどう？」

「毎日怒鳴られてます」

「えっ！」

翔太が目を大きくする。

パワハラが叫ばれる今時、しょっちゅう怒鳴る上司など希少動物だ。

「大丈夫なの、その会社？」

「大丈夫です。理不尽なことで怒鳴られているわけじゃないですから」

「本当？」

「はい。私が至らないだけです」

千花は本当に大丈夫と強調するように微笑《ほほえ》んで見せた。

「じゃ、今日もがんばってきます」

千花は勢いよく立ち上がり、エコバッグを肩にかけて、翔太の「いってらっしゃい」の声を背にわすれな荘の玄関扉を開ける。

ふと足下に目を落とすと、不本意ながら（？）ゲストハウスの看板となった玄関先のわすれな草も、小さなつぼみをつけていた。

「あんた頑張るねぇ」

お昼少し前にやってきた工藤晴江が言った。千花が履歴書を持ってきたときにレジにいた四十代後半の女性で、この店に勤めて十年以上経《た》っている。

晴江は今年六十歳になる源治郎と同じ浅草出身の女性だ。年齢にしては背が高く長い髪をきれいにまとめ、そこはかとなく儚《はかな》い顔立ちをした大和撫子《やまとなでしこ》らしい外見だが、動く姿は機敏で、はきはきと大きな声で話し、おかしければ笑い、いかにもちゃきちゃきな江戸っ子という感じだ。

「源さんは昔から来る者拒まず、去る者追わずって方針だから。あんたみたいな若い子、すぐに泣いて逃げ出すと思ったけど」

それで面接が三分で終わったのか。世の中にはいろいろな人がいると、当たり前のことを千花は秋田から出てきて身をもって知った。

「悪い人じゃないんだけど、典型的な下町のオヤジでしょ。せっかちで口も乱暴だし」

「あの、こんなの作ってみたんですけど、商品のそばに置いてもいいですか？」

千花は名刺よりも二回りほど大きな紙を晴江に見せる。

八等分したスケッチ用紙に、商品のキャッチコピーと簡単な解説が英語とイラストで描いてあった。翻訳は翔太とクオンに手伝ってもらった。

いわゆるPOPと呼ばれるもので、紙を広告媒体としてその上に商品名と価格、またはキャッチコピーや説明文、イラストを手描きしたものだ。書店などでよく見かける。

「あら可愛《かわい》い。あんたが描いたの？」

「はい。日本語の説明文は箱やパンフレットに書いてあるけど、英語のものはなくて。もし邪魔じゃなければ」

雅《みやび》な店の雰囲気を壊さないようにデザインしたつもりだが、どうだろう？

ドキドキしながら晴江の反応を見れば、彼女は千花から受け取ったPOPを熱心に見つめながら大きくうなずく。

「いいじゃない。素敵よ。両面テープで棚に貼《は》ればいいわ」

「ありがとうございます」

千花はほっと胸を撫《な》で下ろし、さっそく商品の棚に作ったPOPを貼っていく。

平日は客が少ない。三月下旬になれば世間は春休みになり桜の季節にもなるので観光客が増えるが、火曜日の今日はほぼ閑古鳥だ。

「繁忙期までに仕事を覚えてね。今は嵐《あらし》の前の静けさよ」

晴江に発破をかけられながら、千花は棚の前に立ち、風呂敷《ふろしき》をたたみ直す。

入口の扉が開いて、チリンと小さな鈴が鳴る。

「いらっしゃいませ」

手に桜柄の風呂敷を持ちながら体を入口のほうに向けて声をかける。

「「あ」」

ふたりの声が重なった。

入ってきたのは歌穂だった。

いつもの洒落《しゃれ》たクリーム色のコートにチェック柄のストールを羽織っている。デニムのスカートに革のブーツ。もともと可愛らしい顔立ちにバッチリと化粧をした姿はモデルのように見えた。

「千花さん、ここで働いているん？」

「うん。まだ一週間ちょっとだけど。歌穂ちゃんはなにか探し物ですか？」

「友だちへのお土産に手軽なものがないかと思って」

「ごゆっくり」

職場で知り合いに会うというのはなかなか気恥ずかしい。

歌穂は初めて見る千花の着物姿が珍しいのか、土産を物色しながらチラチラと千花に視線を投げてきた。

いくら客がいないとはいえ、知り合いと無駄話をするわけにもいかず、千花は目が合うと会釈だけして淡々と仕事を続ける。

「前から思っていたんやけど、千花さんってなんで化粧しないん？　仕事中も」

わすれな荘に帰るなり、リビングに寝転んでテレビを見ていた歌穂に言われた。

「え、し、しているよ」

靴を脱ぎながら動揺する。

千花には会社勤めの経験がある。今は接客業だ。化粧が身だしなみの一部であることを理解している。社会人としての最低限の常識は持っているつもりだ。

今だってファンデーションの上に、薄くアイシャドウとチークを入れ、ヌーディーカラーの口紅を塗っている。

「一応マナーだからしていますって程度でしょ」

的確に心の内を指摘されて心臓が跳ねる。

「そうやなくてさ、自分をもっときれいに見せたいとか、自分の魅力を引き出したいとか、そういう意味」

さっきとは別の意味で千花の心臓が跳ねた。

もっと可愛くなりたい、きれいになりたい。女性なら誰でも持つ願望だ。特に若いときは。

千花も例外ではない。

高校の時に、周りの友だちの真似をして、色つきのリップクリームやマスカラに挑戦してみた。

それを見つけた母親に投げつけられた言葉が忘れられない。

――色気づいている暇があるなら勉強しなさい。だいたい、あんたには似合わない。

今でも胸に重く残っている。

女でいることに、美を求めることになんとなく罪悪感が芽生えた。

母親からしてみれば、まだ高校生の娘には早い、悪い虫がついたら困るという気持ちから出た言葉だったのかもしれない。

だが母親の呪《のろ》いのような言葉のせいで、メイクなどに関する話題は無意識に避けるようになった。

なのに二十五歳を過ぎたあたりから恋人はいないのか、結婚相手はいないのか、行き遅れなんてみっともないと言われどうしていいかわからなかった。

男性と付き合ったら、それこそ化粧をした時よりも色ボケと非難されそうで遠ざけていたのに。

「人前に出るんやし、それに着物は目鼻立ちがはっきりしているほうが似合うよ。というか着物に負けるんやね。ねえ、ちょっとうちの部屋に来ない？」

歌穂は立ち上がり、リモコンでテレビを消すとさっさと階段に向かう。千花が来ると信じているようで、仕方なく後についていく。

歌穂の部屋は千花の隣。

間取りは左右逆だが広さも窓の位置も大きさも同じ。

なのにまったく異なった印象を受けたのは、部屋に溢《あふ》れる物の多さのためだ。

布団は押し入れには入れずに畳んだまま。三畳の部屋はそれだけで狭くなる。なのに全身鏡がある。後から聞いたのだが、これは歌穂が東京で買ってこの部屋に寄付した物らしい。歌穂がわすれな荘に泊まるときは、この部屋を優先的に使用する条件で。

押し入れを開けると、目一杯荷物が入れられている。これでは布団をしまえない。

「これ全部神戸に持って帰れるの？」

いくら一ヶ月以上の長期滞在者とはいえ、荷物が多すぎる。

「宅配で送るか、捨てるか、わすれな荘に寄付する」

「寄付？」

「そう。もし服とか突然必要になったら翔太さんや橋島さんに言うとええよ。客が置いていった服とか雑貨類が倉庫にあるらしいから」

会話を続けながら歌穂は押し入れから化粧箱を取り出す。

まるでプロのメイクさんが持っているような立派なメイク箱だ。

「肌はきれいやから軽く粉を叩《はた》くぐらいでええんやない。問題はアイメイクと口紅やね」

歌穂は千花を鏡の前に座らせると、おもむろにビューラーとマスカラとアイライナーを取り出す。

「使い方わかる？　この二つで目元がハッキリしてキリリとした顔になるから」

歌穂の勢いに押され、千花は覚束《おぼつか》ない手つきでアイラインを引き、ビューラーで睫毛《まつげ》をカールアップさせマスカラを乗せる。

一部始終見ていた歌穂がギリギリ及第点と苦笑した。

「こっちむいて」

顎《あご》をつかまれ、歌穂のほうに無理矢理顔を向けされられ、唇に口紅を塗られた。

鏡を見ると、鮮やかな紅色に染まった唇。千花は戸惑う。

「は……派手じゃない？」

「そう？　今は地味な服やからちょっと浮いたように思えるかもしれないけど、着物を着たときはこのぐらいが映《は》えるんよ。肌が白いから赤い口紅が似合う。羨《うらや》ましい」

羨ましい？

千花よりも若くて可愛い歌穂に羨ましがられた。

半分は、いや半分以上はお世辞だとしても、千花の胸がこそばゆい。

「メイクとかファッションに興味ないの？」

「あんまりそういうのに興味を持つの母親が好まないから」

歌穂がきょとんとする。

「親なんてどうでもええやん。もう子どもやないんやし。お客さんをきれいな姿で迎かえんと。いい男捕まえるのにも美しさは必要や」

「そうだけど……今までずっと同居で、家の中の雰囲気が悪くなるのも……」

「千花さん、いかにも優等生って感じやもんね」

歌穂が笑う。そこに嫌味は感じられず、千花もつられて苦笑する。否定できない。

「だめだよ。ちゃんと戦わなきゃ。うちなんて親としょっちゅうケンカや。長期の休みにわすれな荘に行くこともよく思っていないの。だから無理矢理家を飛び出してくるん。プチ家出や。したいことしなきゃ、損でしょ。それに今は親いないんやし」

歌穂は手に持っていた口紅を千花に差し出す。

「うちには似合わなくて、一回しか使っていないの。だからほぼ新品。よかったら、もらっといて」

「いいの？」

「うん。何度もご飯を作ってくれたお礼。使いかけで悪いけど」

「ありがとう」

ああ、もっと早く歌穂とこんな会話ができていたらよかった。

姉妹のように、友だちのようにもっと仲良くなれたのに。

「もうすぐ帰るんだよね。また、わすれな荘に来る？」

「うん。いつになるかわからないけど。ここはとても居心地がええから。わすれな荘だけでなく、街全体がね」

「意外です。歌穂ちゃんは東京でも、青山とか代官山が好きなんだと思ってた」

「もちろん好きやけど、それじゃ東京に来た意味がない。うちは気取った神戸からわざわざ離れてきたんやから」

意味がわからず千花は小首を傾げる。

「時間とお金に余裕ができたら神戸に遊びに来てよ。すごくオシャレできれいな街や。それこそ青山や代官山にも負けないぐらい。夜景も素晴らしいし」

なぜ、わざわざ素敵な街から出て、寂れた街に来たのか。

千花の疑問を感じ取ったのか歌穂が懺悔《ざんげ》のように言う。

「ここは気取らなくていいから楽。神戸はオシャレな街やから、隙《すき》を見せられないんや。いつでも完全武装。オシャレな街に似合う住民を強《し》いられる気がする。神戸っ子は自然にできるのかもしれないけれど、うちにはちょっときつい。神戸には小学五年の時に転校してきたん。元は島根の田舎出なの」

今の歌穂は昼間の完全武装した服ではなく、だらけたピンク色のジャージ姿だ。

「神戸も浅草も観光地やけど、全然雰囲気違うでしょ」

神戸に行ったことのない千花にも、歌穂の言わんとしていることはわかる。

千花が原宿や青山に行ったときの違和感や緊張を、歌穂も感じているのだ。

「この街はええよね。日本語以外の言葉が飛びかって、国籍も宗教も価値観もいろいろで、自分が自分らしくいても違和感がない」

東京にはいろいろな人がいすぎて、どんなに突拍子もないことをしでかしてもその他大勢に埋もれてしまう、そんな懐の深さがある。

千花が住んでいた秋田の街では、ちょっと変わったことをしただけで噂《うわさ》が広がり、白い目で見られることが普通だったのに。

「ここなら武装するようにオシャレしなくてもええし」

千花から見れば普段の歌穂は十分オシャレだ。

これでオシャレしていないというなら、地元の神戸でどれだけオシャレするのか。

「だって化粧も手を抜いているし、服も限りがあるから着た切り雀《すずめ》みたいやし」

千花の疑問に答えた歌穂に、やはりベースが違うと唖然《あぜん》とする。

「ホッとするんよね。神戸にいるより、実家にいるより。だから、また来る。ここは第二のホームやから」

歌穂がまだ紅色の口紅に慣れずにいる千花に笑いかける。

「おはようございます」

江戸小紋の着物に着替え、源治郎に挨拶する。

今日は歌穂にアドバイスされた通りに化粧をしてきた。

肌に軽く粉を乗せ、きっちりとアイラインを引いて、歌穂にもらった紅色の口紅を引いた。

新人のくせに派手な化粧しやがって、とか言われてしまうだろうか。

ドキドキしながら顔を上げると、源治郎が豪快に笑う。

「おう。べっぴんに磨きがかかったな」

なんだか脱力してしまった。

いままでビクビクと化粧していたのはなんだったのか。

「お前さんの作ったＰＯＰってやつ。いいじゃねぇか。客に評判いいぜ」

千花の頬《ほお》が熱くなる。

「あ、ありがとうございます」

ブンと音が聞こえそうなぐらい頭を下げて一階に降りる。

お昼頃にやってきた晴江にも褒められた。

「セクハラで訴えられてもイヤだから黙っていたけど、あんたはちゃんと化粧したらすごいぺっぴんさんだと思ってたよ」

「と、友だちにこのほうがいいって言われて」

友だち、といっていいのか。歌穂にとって千花はなんだろう？　同じ釜《かま》の飯を食ったとはいえ、別に仲間というほど親しいわけじゃない。

「あんた、素直ないい子ね」

晴江が言う。

「人のアドバイスを素直に受け入れられるのはすごいことよ。簡単なようですごく難しいことだもの」

「私にとってはそうでもないです。知らないことばかりで、子どものように吸収するしかないんです」

千花は自嘲《じちょう》気味に微笑む。

本当に知らなかった。世界は広い。いろいろな人がいる。

閉鎖的な田舎で、家族中心の狭い人間関係の中で、親の言うことが世界のルールのように生きてきた。

東京に来たのだって、親に家を出て行くよう言われたからだ。

絵を描いてもいい。

オシャレしてもいい。

そんな当たり前のことさえ、実家にいたままでは気づけなかったかもしれない。

外に出てよかった。

広い世界に触れてよかった。

厳しいことはたくさんある。これからもどうなるかわからないけど、今は前向きにがんばれる。

晴江が時計をちらりと見て、そろそろお昼休みにしたらと千花に勧めた。

昼休憩の時間は厳密に決まっていないが、店が混雑でもしていない限り、晴江がお昼ちょっと前に来てから少しして千花が昼の休憩をとることになっている。

「じゃあ、ちょっと出てきます」

千花は着物のまま大きなエコバッグを持って晴江に声をかける。

「あら、珍しい。外食?」

千花は倹約のためお弁当を持ってきている。クオンの朝食と一緒に作ったバインミーやおにぎりなどを、更衣室にしている二階の部屋で食べることがほとんどだ。

だけど今日は重要な仕事がある。イラストを出版社に送るのだ。

「ええ、郵便局に行きたいので。そのついでになにか食べてきます」

バッグの中には十数社宛《あて》のＢ４サイズの封筒が入っている。

勇気を出してイラストを見て欲しいという営業の電話をかけたが、面会までこぎ着けられたのは以前賞をとった出版社ただ一社で、あとは作品を送ってくれと事務的に言われただけだった。送ってくれと言ってくれたところはまだマシだ。募集していないとか、紹介制だとかすげなく断られた出版社も少なくなかった。

ようやく仕上がった二十点のイラストのカラーコピーを封筒に入れたのが昨日の夜のこと。準備が出来たからには一秒でも早く送りたい。声がかかるとはあまり期待していないけれど、千花にとってはチャレンジしたというのが重要だった。

それは自由の象徴だ。

「ちょっと行ってきます」

千花はレジにいる晴江に小さく頭を下げて店の外に出る。

入口の横に置いたワゴンの中に入っている商品の陳列が乱れているのに気づく。客を呼び寄せるためのセール品である巾着《きんちゃく》袋や風呂敷が歪《いびつ》に並んでいた。

千花が朝、きれいに整えて出したが、きっと行き交う者の目に止まり手を伸ばされたのだろう。

千花は今直すか、帰ってきてから直すかちょっと迷う。肩にかけたバッグは紙が入っているせいで重い。

バサリ。

背後の落下音に千花が振り向くと、すぐ後ろで歩道の段差に躓《つまず》き荷物を落とした老齢の女性がいた。

「大丈夫ですか」

千花は女性に声をかける。

「あ、大丈夫です。ありがとうございます」

女性は服についた汚れを払いながら立ち上がる。店の前に散らばった荷物を見ると、浅草有名店の包装紙に巻かれた大小の箱。きっと観光客だ。

千花はバッグをワゴンの脇に置いて、散らばったお土産であろう箱をしゃがんで拾い集める。

「すみません。ありがとうございます」

「いいえ」

恐縮しながら礼を言う女性に、千花は笑顔で答えた。

感謝されるのが嬉《うれ》しくて、人の役に立てるのがくすぐったくて、だから気づかなかった。

獲物を狙《ねら》う獣のように近づいてきたバイクに。

一瞬だった。

ゆっくりと近づいてくるバイクのライダーが素早く上体を折り千花のバッグに手を伸ばした。

視界の端でライダーの手に摑《つか》まれたバッグを捕らえた千花は、反射的に手を伸ばした。

バッグの端を摑むのと、バイクの速度が上がったのがほぼ同時だった。

千花の体に激しい衝撃と、ガシャンという耳障りな金属音が爆発した。同時に手がバッグから離れる。

しゃがんだ状態でバイクに引き摺《ず》られそうになった千花は、ワゴンにぶつかって商品と一緒に道に投げ出された。

走り去っていくバイクを目で追いながら、自分の身になにが起きたかすぐに理解できなかった。

「千花ちゃん！」

音を聞いて店の外に出てきた晴江が、呆然《ぼうぜん》と道に座り込んでいる千花に呼びかける。

「……晴江さん」

「ちょっと！　ひどいケガしてるじゃない」

晴江が千花の右腕を取る。倒されたときに擦ったのだろう、袖《そで》は捲《まく》られ剝《む》き出しになった腕には大きな擦り傷ができていた。

晴江に指摘されて初めて痛みに気づく。

ヒリヒリとした腕の痛みの他に、膝にもジンジンと鈍い痛みが染みる。打ったのだ。

目の前には、無残にアスファルトに散らばる色とりどりの巾着袋と風呂敷。汚れて、もう商品にはならない。

なくなったバッグ。中には出版社に送るイラストと原画のスケッチブックも入っていた。

行動に移る。

二階にいたので遅れて出て来た源治郎が千花たちの様子を一瞥《いちべつ》して、すぐに状況を察し
観光客の女性が私のせいですみません、すみませんと何度も謝っている。

「手当てしましょう」

晴江が千花を立たせて店の中へ引き入れる。

店の中には救急箱を持った源治郎が立っていた。

「さ、腕を見せて」

レジのイスに千花を座らせ、晴江が消毒液を手に取る。

「ごめんなさい……お店の前で、こんなことに」

晴江に腕の傷を消毒されながら、千花は声を震わせて謝った。

自分が油断したせいで店に、源治郎に、晴江に迷惑をかけてしまった。観光客の女性も
気に病んでいるだろう。せっかくの楽しい旅行に水を差してしまった。

「千花ちゃん、あなたは――」

晴江の言葉はパトカーのサイレンに打ち消された。

店の前にパトカーが停《と》まり、二人の警察官が降りてきた。

頭の中に霞《かすみ》がかかっている。

パトカーが来て始まった現場検証も、その後警察署に行って被害届を出したのも、夢の中のように現実感がなかった。

真っ青な顔をして震えている千花を心配し、付き添ってくれた晴江が今日はもう帰りないと言ってタクシー代と当面の必要金として差し出した一万円札を断って歩いて帰ってきた。

覚束ない足取りで、ようやく千花はわすれな荘に辿《たど》り着く。

力なく玄関扉を開けると、リビングにいる翔太と目が合った。

「おや、お帰り。今日は早いね」

千花の終業時刻は午後六時。わすれな荘に帰宅するのはいつも七時ちょっと前だが、今はまだ午後五時。

「ただいま……です」

千花はゆっくりと靴を脱いでリビングに上がる。

「どうしたの？　具合が悪くて早引き？　顔色が悪いよ」

翔太が立ち上がって千花のそばに寄り、心配そうに顔をのぞき込む。

「病院行く？　つきそうよ」

「いえ、大丈夫です」

「千花ちゃん、手ぶら？　バッグは？」

翔太は千花の顔色だけでなく、朝との装いの違いに気づく。

穏やかな物腰ながら、まるで探偵のように観察眼が鋭い。本当に気が利く人というのは翔太のような人のことを言うのか。住人の細かい変化に気づいてケアをしてくれる。

わすれな荘が居心地よいのは、翔太の人柄によるところも大きいんだろうなと思った時、不覚にも千花の目から涙が零れてしまった。

「千花ちゃん？」

家に帰ったことの安心感からだろうか、ずっと宙を舞っていた今日の出来事が地に落ちてきた。

「すみません。今日はとんでもない失態をしてしまって……」

いまハッキリと思い出す。

力なく座りこみ、翔太に打ち明ける。

油断してバッグを肩から外してワゴンの脇に置いてしまったことを。

自分のせいで商品をだめにし、源治郎や晴江に迷惑をかけた。

観光客の女性にも罪悪感を持たせ、せっかくの旅行に水を差してしまった。

ちょっと気をつければよかったのだ。店の前だからと勝手に安心していた。

きっと信頼を無くした。

晴江がせっかく根性がある、素直だと褒めてくれたのに。きっと無防備で不注意な人間と評価が変わってしまっただろう。

クビだろうか。でも、だめにした商品の金額分は無償で働きたい。こんな迂闊《うかつ》な自分をまだ店に置いてくれるなら。

千花は自分の腕の傷よりもひどい着物の袖の綻《ほころ》びを思い出す。

制服として借りていた着物は、今は天国にいる源治郎の妻の形見だ。

これはお金では償えない。

すべて自分が招いたことだ。

そのせいでどれだけ迷惑と損害を生み出してしまったか。

千花の頭の中を後悔の念がいろいろな形になってぐるぐると回る。

「それは恐《こわ》い思いをしたね」

恐い……。

そうだ、千花は恐かった。

バッグを取られてバイクに一瞬引き摺られたのも、源治郎たちに迷惑をかけたのも、警察が来たことも、ケガをしたのも。

恐かったんだ。

千花の気持ちにそっと寄り添う翔太の言葉に、収まりかけていた涙腺《るいせん》がまた熱を帯びてくる。

「今、コーヒーを淹《い》れてくるから」

翔太がゆっくりと立ち上がり、数歩遠ざかる気配がしたときだった。

「あ、スティール。今日は自分で起きられたんだ。偉いね」

驚いてつい千花が顔を上げた。怒っているような困っているような、なんともいえない複雑な表情でリビングの入口に立っているスティールと目が合う。

千花はすぐ顔を逸《そ》らす。気まずい。恥ずかしい。

スティールとは激辛エマダツィを食べた夜から、ほんの少しだけ距離が近くなった。彼の語学力に合わせることを知ったし、いきなり英語で返されてもそれが悪意からではないとわかって、お互い日本語と英語を交えたつたないコミュニケーションをとるようになった。

だが、もともとスティールは学校とバイトで忙しいし、千花も仕事があるので生活時間が異なる二人が物理的な接点を持つことは少ない。

前のように緊張することなく挨拶を交わす程度の仲にはなったくらい。

スティールは午後四時頃学校から帰ってきて一時間ほど仮眠をとってバイトへ行く。それを起こすのは翔太の役目だが、今日は自分の力で起きたようだ。

千花は自分の部屋に逃げ込むか迷う。部屋に行くにしてもスティールの横を通らなければならない。それにコーヒーを淹れると言ってくれた翔太に失礼になるかも。

だが千花が心を決める前に、翔太はスディールを連れてリビングを出て行ってくれた。

千花は小さく安堵《あんど》のため息をついて、ティッシュで目元を拭《ぬぐ》う。

翔太はずいぶんと時間をかけてコーヒーを淹れている。一人リビングに残された千花は、デザインも色も様々なまったく統一性のないクッションや、かつての宿泊客から届いたポストカードや写真が貼ってある壁をぼんやり眺め、そうしているうちに徐々に心は落ち着いてきた。

コーヒーの香りとともに翔太が戻ってきた。その後に続いて、スディールが皿を持って入って来る。

翔太が置いたコーヒーの横に、スディールが皿を置く。皿の上には、少し歪な俵型のおにぎりが二つ乗っていた。

「食べる」

ぶっきらぼうなスディールの言葉は、命令形にも聞こえたし、疑問形にも聞こえた。

なぜ、おにぎりが？

「部屋で飲む」

スディールは自分の分のコーヒーを持ってリビングを去って行った。

「これ……」

千花がおにぎりを手に取る。

「スティールが作ったんだよ」

「私に？　どうして？」

翔太は首を傾《かし》げた。

「彼なりの励まし方なんじゃないかな？」

スティールがわざわざ自分のために……。千花には嬉しさよりも驚きのほうが大きい。おにぎりなのもよくわからない。

食欲はないがスティールの好意を無駄にしたくないので、千花はおにぎりを口に入れる。海苔《のり》も塩もないおにぎりはただの米だった。

だが二口目に米とは違う食感を捕らえた。

口の中に不思議な味が広がる。歯ごたえのある具は、爽《さわ》やかなスパイスとほんのりとした酸味と塩味。千花の知らない味だ。

おにぎりに目を落とせば、細切りにしたタマネギと大根が顔を出している。

食材が野菜なのは噛《か》んでいるうちにわかった。噛むほどにタマネギと大根の甘味を感じる。見た目はなますやマリネに似ているが、どちらの味付けとも違う。

「アチャールっていうネパールの漬け物だよ」

不思議そうにおにぎりの具を見つめる千花に、翔太が説明する。

「野菜や果物をスパイスと油と塩に漬けて作るんだって。クオンがスディールのために作ったんだ。日本人の漬け物、韓国人のキムチみたいに、ネパール人の食卓に欠かせないものらしいよ。どう?」

日本の漬け物よりは、ピクルスやマリネに似ている。スパイスがアクセントになってご飯にも合う。

「美味《おい》しいです」

美味しい、と言葉にしたら体が反応した。

今さらながらお腹《なか》がグウっと鳴って、千花は昼食を食べていないことを思い出す。

「クオンがさ、エマダツィのお詫《わ》びとして、ネットで調べて作ったんだ。ソウルフードを食べれば元気が出るんじゃないかって。クオン、日本に来て料理に目覚めたらしいね。スディールは本場《ほこく》の味と全然違うって言っていたけど、気に入ったようでご飯にかけて食べているよ」

「ご飯にかけて?」

「うん。丼《どんぶり》みたいに」

「じゃあ、なぜわざわざおにぎりに?」

「おにぎりが日本人のソウルフードだと思ったんじゃないのかな」

歪なおにぎり。ご飯と一緒に出すのではなく、上にかけるのでもなく、見よう見まねで頑張って握っているスディールの姿が浮かぶ。

クオンがスディールを励ますために作ったアチャールで、スディールが千花を励ますためにおにぎりを握るなんて。

笑いと涙が同時にこみ上げてくる。

「ただいまぁー」

玄関の扉が開くと同時に甘い香りが漂ってきた。

歌穂が靴を脱いでやって来る。帰省土産か両手には紙袋。

「お帰り」

翔太が声をかけると歌穂は糸が切れたように膝《ひざ》を折る。

「あー、疲れた。お土産って本当に悩むよね」

荷物を置いたまま、ずるずると這《は》うようにして翔太と千花のいる座卓へやって来る。

「最終日は毎回大変だね。コーヒー淹れようか?」

「うれしい。お願い」

翔太がキッチンへ向かうと、千花はだれている歌穂に声をかけた。

「あ、あの、口紅ありがとう。お店でも評判だった」

「やっぱり」

歌穂が顔をあげて嬉しそうに笑う。

「こんなに早く帰ってきてるとは思わなかった。夕飯どうするん？」

「あ、今日はちょっとトラブルがあって。早めに帰ってきたの」

「トラブルって？　お店でなにかあったん？」

「お店じゃなくて、その、ひったくりに遭って」

　歌穂ががばりと体を起こした。

「え！　なにを盗《と》られたん！　警察には行った？　ケガは？」

　みんながまるで自分のことのように心配してくれる。千花の心の奥が温かく、くすぐったくなる。もう、ちゃんと話せるぐらい心は回復していた。

「バッグごとだったからお財布とか携帯とか全部。でも警察に行って、クレジットカードも、銀行のキャッシュカードも止めたし、大丈夫。私が油断していたから悪いの」

「はあっ⁉　被害者が悪いわけないでしょ！　ひったくった奴が悪いの！　油断のある人間ならなにしてもいいわけ？　殺してもいいわけ？」

「いえ……あの」

　突然怒りだした歌穂に、千花のほうが戸惑う。

「犯人の顔は見た？」

「ううん。バイクに乗っていたの。フルフェイスのヘルメットで。バイクのナンバープレートも汚れて見えなくて」

「それって常習犯やね。あの辺は防犯カメラが多いから、もしかしたら見つかるかもよ。本当、ムカツクよねっ」

「あ、ありがとう」

「はっ⁉」

千花の感謝の言葉に、歌穂が胡乱《うろん》な表情をする。

「あ、ううん」

千花自身もよくわからない。なんでありがとうという言葉が口から出たのか。ただ、自分の代わりに歌穂が犯人を怒ってくれたことで、心の枷《かせ》がまた一つなくなったように軽くなった。

「あ、そうやこれ」

歌穂が紙袋の中から小さな袋を取りだした。

甘いにおいが濃くなる。

「お茶請けにいいでしょ。食べて」

歌穂が袋を開けると、七福神や雷門、五重塔の形をした一口サイズのカステラが現れた。

「千花さんはもう食べた？　浅草名物人形焼き」

「いえ」

売っているのは知っていた。小麦を焼く甘いにおい。でも、買って食べたことはまだない。

においにつられるように、一つつまんで口に入れる。まだ温かい。ふんわりとしたやわらかい食感に、小麦と砂糖と卵のやさしい味が蕩《とろ》ける。

「人形焼きだ」

コーヒーを持ってやって来た翔太の声が弾む。

「よければ翔太さんもどうぞ。食べ飽《あ》きたかもしれへんけど」

「飽きないよ。こういう素朴な味は家庭料理と同じで、毎日食べても飽きないんだ」

歌穂の前にカップを置くと、翔太は遠慮せずに人形焼きを口の中に放《ほう》り込む。

「これ食べると、お土産用の日持ちする人形焼きが食べられなくなる。だから人形焼きのお土産を買うの、躊躇《ためら》っちゃうんや」

歌穂も人形焼きを頬張る。

トントントンと階段を降りてくる音がして、スディールがリビングに入ってくる。バイトに行く格好のスディールに歌穂が袋を差し出す。

「あ、スディール。よければ食べていかへん?」

「ありがとう」

そっけなく聞こえるのは発音が悪いだけなのか、照れているのかわからないが、スディールは素直に人形焼きをつまんで口に入れ、そのまま玄関で靴を履く。

立ち上がって玄関扉に手をかけたスディールに、慌てて千花が声を上げる。

「スディール、ごちそうさまでした。ありがとう。おにぎり、とても美味しかったです」

スディールが振り返る。

千花がもう泣いてないことを確認するように目元をじっと見つめ、それから「うん」と返事をしてわすれな荘を出て行った。

千花は感謝の気持ちが伝わったかどうか不安なまま、人形焼きを口に入れる。

ほんのりとした甘さが優しい。

✿

千花は緊張しながら店の扉を開ける。

多大な迷惑をかけてしまった。

盗まれた物を思い出す。

現金は財布に入っていた五千円ほどだ。それほど痛手ではない。むしろスケッチブックを盗まれたほうが痛手だった。

出版社への送付物は所詮《しょせん》カラーコピーだ。原画のスケッチブックさえあればいくらでも補塡《ほてん》可能だ。

なのに、そのスケッチブックを奪われてしまった。

別々に持っておくべきだった。

そもそも店の前だからといって、バッグを自分から離すべきではなかった。

次から次へと後悔が湧《わ》き起こり、自分が情けなく嫌になっていく。

「おはようございます」

机で書類をめくっていた源治郎が顔を上げた。

「おう。傷はもういいのかい？」

「はい。本当にご迷惑をおかけしました」

「なんだこりゃ」

千花が差し出した封筒を見て、源治郎が眉《まゆ》を顰《ひそ》める。

「着物の修繕費と汚してしまった商品代です。今はこれしか用意できなくて。足りない分は給与から――」

「ばかやろう！」

源治郎の怒声が千花の言葉を遮る。

「お前さん、俺を見くびるなよ」

「で、でも、私のせいで」

「油断したお前さんに落ち度が全くないとは言わねぇ。だが、万引きできそうな店ならしていいのか？　強盗できそうならしていいのか？　そうじゃねえだろ。少なくともこの街はそんな街じゃねぇ。そんな街にはさせねぇ」

千花はありがとうございますと言って封筒を引っこめる。

「いいか。反省すんのは構わねぇが、道で転んだ人を助けようとする気持ちを捨てるんじゃねぇぞ。せこいコソ泥野郎に負けることになるからな」

口調は乱暴だが、言葉は温かく心に染みこんでいく。

更衣室に入ると、新しい着物が用意されていた。昨日まで着ていた珊瑚《さんご》色《いろ》よりも赤味が強い茜色《あかねいろ》の江戸小紋。

最悪クビになるかもと覚悟していたのに、源治郎の度量の大きさに救われたが、着物の袖に腕を通すと申し訳ない気持ちが募ってくる。

擦れた着物は元に戻るのだろうか？

着物を着て更衣室を出ると、源治郎が千花を呼んだ。

事務所に顔を出すと、源治郎は机から入口にいる千花を眺めて、ふんと満足げにうなずいた。

「そっちの色のほうがお前さんの紅に似合うな。粋に着てもらえて、婆《ばあ》さんも喜んでくれるだろ」

千花は目を瞬く。

「俺が着るわけにもいかねぇし、売れもしない中古品だ。最近は着物をきちんと着こなせる若い娘が少ないのに、お前さん、秋田のいいとこのお嬢さんなのかい？」

「い、いえ。普通です。母親がいろいろと厳しかったもので」

源治郎が行っていいと手で合図する。

階段を降りながら、源治郎は着物に傷をつけた千花の沈む気持ちを救おうとしてくれたのだと気づく。

店の前に置く特価品のワゴンの用意がないだけで、あとは今まで通りの仕事が続く。

いつも通りお昼少し前に晴江が来て、傷は痛まないか、キャッシュカードやクレジットカードはきちんと止めたかなどあれこれ心配してくれる。

二階で電話が鳴った。

数分後、源治郎が二階から降りてくる。

「警察から連絡があった。バッグが見つかったってよ」

千花が返事する前に、晴江が口を開く。

「ちょうどお昼休みだし、警察署に取りに行ってきたら？　私がいるから時間は気にしなくていいわよ」

結果から言うと、バッグは確かに見つかったが財布は盗られ、出版社宛の封筒は汚れたり折れ曲がったりしてとても送れる状態ではなかった。

「ひったくりや置き引きにはよくあることです。大きなバッグや女性物のバッグを持っているとと目立つし、財布だけ抜き取ってあとは適当に捨てるんですよ」

担当してくれた警察官が説明する。

千花のエコバッグは昨日の夜、店からそんなに遠くないゴミ捨て場で、巡回中の警察官によって発見された。

「犯人は銀行のキャッシュカードを持って銀行でお金を下ろそうとしたみたいですけど、暗証番号を三回間違って諦《あきら》めたようです。免許証が一緒に入っていたからあなたの誕生日で試したみたいですけど、できなかったようですね。暗証番号を誕生日や住所にちなんだものにしていなくて幸いでしたね」

千花は複雑な気分になる。暗証番号は恋人、と思っていた男の誕生日にしていた。恋人の存在を思わせるものはなにもない。そもそも恋人と思っていたのは千花だけだったのだから。それが今回は助けになった。不幸中の幸いとでも言えばいいのか。

警察官から渡されたバッグは、どこかに引っかけたのか大きな穴が空いていてもう使い物にならない。

千花はバッグを捨てさせてもらい、出版社宛の封筒とスケッチブックだけ持ち帰った。財布ごと現金と色々なカードが盗まれたのは痛手だったが、スケッチブックが返ってきたのがなによりも嬉しかった。

千花は店に戻ると、店番をしている晴江と二言三言交わし、すぐに源治郎の元へ行く。

「あの、昨日汚してしまった風呂敷を二、三枚定価で買わせてください」

贖罪《しょくざい》のつもりではない。美しい巾着や風呂敷が破棄されるのは辛《つら》い。源治郎の妻の着物のように、誰かに使ってもらえるのが物の幸福だとしたら、千花は少しでも捨てられる物を救いたい。

「バッグは見つかったのですが、大きな穴が空いていて修復できないほどでした。それに着物の姿で外を歩くなら、塩化ビニールのエコバッグよりも風呂敷のほうが似合うし、ハンドルのない風呂敷なら油断してそこらへんに置くなんてこともしないだろうし」

千花は弁償のつもりで買い取りたいのではないと、正直な気持ちを打ち明ける。

「そりゃべつに構わねぇが、お前さん、絵描きだったかい？」

「は？」

千花は源治郎の視線が、抱えている出版社宛の封筒やスケッチブックに注がれていることに気づき慌てて言葉を付け加える。

「あ、これはあの趣味みたいなものです。絵を描くのは好きで、少しでも本の挿絵に使われたりしたら嬉しいなって。まだ一度も使われたことはありません」

ただの素人ですと強調する。

「ちょいと見せてくれよ」

源治郎が手を伸ばすと、千花は顔を真っ赤にして言い訳する。

「いえ、素人の絵ですから。お見せするほどのものでは」

源治郎の眉がぴくっと上がる。

「でも、その絵を使って欲しいんだろ？」

「ええ、まあ」

「人に見せられないものを使って欲しいっておかしいだろ」

千花は黙り込む。

源治郎の言うとおりだ。でも、知り合いに採用されるかわからない絵を見せるのは気恥ずかしい。

「夢があるなら隠すな。堂々と夢を語れ。そうすれば賛同してくれる仲間も集まるし、自分自身も背水の陣で頑張れる。ってか踏ん張るしかなくなるだろ。格好なんか気にしていないで、がむしゃらに追えってんだ」

「で、では、あの」

「あん？」

「事務所のスキャナーお借りしてもいいですか？　絵をデジタル化してホームページを作りたいので」

やっぱり図々しかっただろうか。お店の備品を借りるなんて。業務用のスキャナーは解像度がいい。

源治郎を見ると、ぽかんと口を開けている。

謝ろうと千花が頭を下げるよりも前に、源治郎がニヤリと笑う。

「そうこなくっちゃ」


千花はクオンからもらったポストカードを眺める。

家族に自分の近況を伝える短い文章は、呼吸するようにペン先から自然にカードの上に流れていった。

ゲストハウスでの共同生活が楽しいこと、仕事が見つかったこと、職場の人がとてもよい人であること、イラストレーターを目指していること。

このハガキを手に取った両親がどう思うかはわからないが、とりあえず安心して欲しい。

自分はなにを恐れて家族へ手紙がかけなかったのだろう。

千花はポストカードに写った美しいベトナムの風景を見つめながら考える。

いつも親の機嫌を伺い、逆らわず生きてきた。本当にやりたいこと、興味のあることを押し殺して。

自分が怠け者だったのだ。ちゃんと自分の気持ちを伝える努力を避けていた。そのほうが楽だから。

東京に来てよかった。わすれな荘に来てよかった。

最初は自分の意志ではなかったけど、運良く素晴らしい環境に巡り会えた。ここからは自分の意志で人生を切り開いて行かなくては。

「おお、千花！　とうとう家族にカード送るデスか？」

学校から帰ってきたクオンが座卓に寄り、千花の手にポストカードがあるのを見つけてはしゃぐ。

「うん。きれいな風景だから手元に置いておきたかったけど、家族にも見せてあげたいしね」

「ぜひ、見せてあげてください。ベトナムのポストカードを送ってくれるよう、家族にメール出しました。今度家族から届く手紙にきっとポストカードも入ってますから、一番きれいなの千花にあげます」

「ありがとう」

「さて、クオンが帰ってきたから始めるか」

千花と同じく座卓で書き物をしていた翔太が腰を上げた。

「クオン。部屋に戻るついでにスディールとオーナー呼んできて」

「はいデス」

今日はクオンとスティールのバイトがないので、ゲストハウスのみんなで一緒に夕食をとることになった。

提案したのは千花だ。

翔太がガスコンロを座卓に設置し、千花が台所からすでに用意してあった鍋《なべ》を持ってくる。

最初にクオンが、少し遅れてスティールが、最後に一升瓶を抱えて橋島がやって来た。

今のわすれな荘には五人しかいない。

歌穂やドイツ組がいた頃に比べるとなんとも寂しい。

「ずいぶん量があるんじゃないの？」

橋島が鍋の中と追加する具材の量を眺めて目を大きくする。

「余ったら明日の昼食として職場に持っていきます。二日目のきりたんぽ鍋は、だし汁がきりたんぽにずっしり染みこんで美味しいんですよ」

迷惑をかけたお詫びに源治郎にはいぶり漬け、晴江にはしょっつるを渡すつもりだ。

これで恋人のために秋田からもってきた土産はすべてなくなると思えば、千花は晴れ晴れとした気持ちになる。

「オリバーたちがいたらこのぐらい食べちゃうデスね。みんな帰ってしまって、ちょっと寂しいデス」

「ははは。大丈夫だクオン。来週は台湾からやってくる客が三人。フランス人が二人。四月からはタイの留学生が来る。ゴールデンウィークの予約もすでにいっぱいだ」

一升瓶からグラスに酒を注ぎながら、今日はまだ酔っていない橋島が胸を張る。

「うちは世話好きで面倒見のいいオーナーがいるって口コミの評判がいいから、ほとんど満員ならぬ満室御礼だよ」

そのオーナーは橋島ではなく翔太のことを言っているのだろう、と千花は思うが口にはせずに胸の奥に留《とど》めておく。

「それオーナーではなく、翔太のことデスね。オーナーはいつも外でお酒飲んでいるデス」

千花が飲み込んだ思いを、クオンが無邪気に代弁した。

日本酒に口を付けたまま橋島の動きが止まる。さらにクオンが追い打ちをかけた。

「オーナーは、なんの役に立つデスか？」

橋島が日本酒を吹いた。

「あはは。クオン、それを言うならオーナーはどんな役割ですか、だよ」

翔太が訂正すると、クオンがコツンと自分の頭を小突く。

「こりゃ一本取られたね」

橋島が力なくグラスを座卓に戻し、若干泣きそうな顔で翔太に向く。

「俺……役に立っているよね？」

「もちろん。子どものお使い程度には」

にこやかに翔太が答え、さらに橋島の顔が歪《ゆが》む。

「あ、鍋、もういいですよ」

橋島を救うように千花が声をかける。

「これはなんデス？　竹輪とは違いますね」

クオンがきりたんぽを指さす。鶏肉やゴボウ、糸こんにゃく、舞茸《まいたけ》など、一年間の滞在中に日本の食品にも詳しくなったクオンだが、きりたんぽは初めて目にする物だった。

「きりたんぽです。私の出身地、秋田県の名物です。今日はきりたんぽ鍋を作りました」

みんなの取り皿に盛りながら説明する。

「お米をつぶして杉の棒に竹輪のように巻き付けて焼いたものです。汁を吸い込んで美味しいですよ。どうぞ」

「千花のソウルフードデスか」

ソウルフードというにはちょっと大げさな気がすると思いながら、千花はきりたんぽを口に入れる。

弾力のある食感、お米の甘さ、滲《にじ》み出る鶏《とり》ガラのだし汁。

秋田を出て約一ヶ月しか経っていないのに、慣れ親しんだ味がなんだかとても懐かしく感じる。

「本当。美味しいデス。出汁《だし》がじゅわっと口の中に出てくるのが最高。あと鶏肉もゴボウもいい味デス」

本当は秋田の地鶏である比内地鶏《ひないじどり》を使いたかったが贅沢《ぜいたく》も言っていられない。鍋に入れたのはスーパーで特売していたノンブランドの鶏もも肉だ。それでもみんなと食べる鶏肉は、家で食べるものよりも美味しく感じた。

「いいデスね、きりたんぽ。野菜も糸こんにゃくも美味しいけど、きりたんぽ最高」

「気に入ってくれてよかった。ご飯があればいつでも作れるから」

「え、きりたんぽって家で作れるの？」

翔太が驚く。

「作れますよ。面倒だから市販のきりたんぽを買う人が多いけど。私の家はご飯が余ったときは作ってましたよ。味噌《みそ》と味醂《みりん》と醬油《しょうゆ》を混ぜた甘味噌を塗って焼いても美味しいんです。ちょっと小腹が空いたときに食べてました。ソウルフードというなら、私にとっては焼ききりたんぽのほうがしっくりくるかな」

熱々のきりたんぽを口に入れると、焦げた味噌の香ばしさが鼻に抜け、甘味噌の旨味《うまみ》がじんわりと溶けていく。

「えー、食べたい。作って、作って」

酒の入った橋島は、さっき受けたショックから完全に立ち直っている。スディールはなにも言わないが、黙々とおかわりをしているところから気に入らなかったわけではないらしい。

「そういえばゲストハウスのメールアドレスに、歌穂ちゃんから千花ちゃん宛にメールが来ていたよ。可愛い風呂敷ありがとうって」

翔太がビールを飲みながらパソコンに視線を向ける。

「あ、ありがとうございます。そういえば、歌穂ちゃんに携帯が出てきたって連絡していなかった」

ひったくり犯にバッグごと携帯電話も盗まれたが、スケッチブックと一緒に出てきた。ちょっと傷がついていたが壊れてはいなかった。買い換える余裕も必要もないので、千花はそのまま使うことにしたのだ。

そういえば、歌穂とは別れの挨拶をしていない。午後の新幹線で帰る歌穂は、千花が出勤する時も眠っていたからだ。最終日までマイペースな歌穂らしい。

「メールで思い出した！」

ほろ酔い加減になっていた橋島が声を荒らげる。

「翔太くんにもメール来ていたでしょ！　フィリピンから！　日本語学校の教師をやらないかって」

「ああ、昔の同僚からですね。今はフィリピンで日本語教えているみたいで」

橋島がガシッと翔太の腕を掴む。

「まさか行かないよね。俺を見捨てないよね。翔太くんがいなくなったら俺が働かなくちゃならないじゃないか！」

「働けばいいでしょ」

翔太が冷たく言い放つ。

「い……行くの？　翔太くん、行く気なの？」

「いや、今回は断りましたよ」

橋島が翔太に抱きつく。

「ありがとう！」

「うん。気持ち悪いから離れてオッサン」

翔太にすげなく引きはがされた橋島は、千花に擦り寄り告げ口のように言う。

「でも、油断ならない。翔太くんは旅人だから。ちょっとお金が貯《た》まると、ふらりといなくなっちゃうんだ。だから貯金ができないよう、こっそり給料下げちゃおうかな」

それ、なんてブラック企業だと思った時、またしてもクオンが千花が飲み込んだ言葉を無邪気に口にした。

「ワタシ知ってます。ブラック企業って言うんデスよね」

「クオンは本当に勉強熱心だな。でももう少し、口にしていいことと悪いことの区別がつくように勉強しような」

橋島が腕を伸ばしてクオンの頭をガシガシと撫でる。

「なんとか翔太くんに貯金させないよう、さりげなくブランド服や時計、車のカタログを置いておくんだけど、本当物欲がないよね。ああいうの見て欲しくならないの？」

「荷物が増えるの嫌いなんで。それに車やバイクなんか買ったら、橋島さんの足にされそうで」

「もちろんそのつもりだけど……って、あ！」

橋島が自分の取り皿に入れた最後に残ったきりたんぽを、翔太が箸《はし》を刺して奪った。

多すぎると言われた鍋は、今やほとんど空だった。なにげにメンバーの中で一番若いスディールが誰よりも食べてくれたのが千花には嬉しかった。

明日の昼食がなくなってしまったが、ほぼ空になった鍋はいろいろ抱えていた悩みや不安、わだかまりが消えてなくなった自分の心を映しているような気がした。

わすれな荘で出会ったみんなが、源治郎や晴江が消してくれた。

あー、食った、食ったといいながら橋島がゴロンと横になる。

「オーナー、だらしないデス」

というクオンの小言に、橋島はオッサンだから許してと小さく笑う。

「最近は暖かくなってきたから、もう鍋の季節も終わりだね。桜が咲いたら花見をしよう。隅田公園の桜並木は立派だよ。日本酒とかビールとか焼酎《しょうちゅう》を持って」

「橋島さん、お酒ばっかだよ」

「だって料理はクオンや千花ちゃんが用意してくれるんだろ」

「図々しい」

翔太が窘《たしな》めるが、橋島はへらへらと笑いながらアレが食べたい、コレも食べたいとクオンにリクエストする。

楽しそうに花見の計画を話す橋島の声を聞きながら、千花の心には一足早い春風が吹いていた。

春の到来を告げる、わすれな草の蕾《つぼみ》が開く日も近い。

終

夢見るレシピ 5　きりたんぽ鍋

材料　[4人分]

きりたんぽ

炊きたてのご飯 …… 2合分　　片栗粉 …… 大さじ2
塩水(塩 …… 小さじ1/2　　水 …… 大さじ3程度)
割り箸 …… 8膳

鶏出汁《だし》

〈A〉　鶏ガラ(手羽元肉など可) …… 1羽分　　水 …… 1400cc
　　　酒 …… 大さじ2
〈B〉　濃口醤油 …… 50cc　　日本酒 …… 50cc
　　　味醂 …… 大さじ2　　塩 …… 大さじ1/2
〈C〉　鶏もも肉(あれば比内地鶏。一口大に切る) …… 400g
　　　ゴボウ(笹がきにする) …… 1本
〈D〉　舞茸、しめじ、えのき茸(食べやすい大きさにほぐす) …… 各適量
　　　長ねぎ(斜め切り) …… 2本
　　　糸こんにゃく(必要に応じて灰汁抜きし、適当な長さに切る) …… 200g
芹(5cm長さに切る) …… 100g

※七味唐辛子などの薬味、かぼすやすだち、辛み大根の絞り汁などを好みで添える。
※茸類は好みにあわせて選ぶが、椎茸は香りが強すぎるため入れないこと。

手順

[1] 鶏出汁を作る。〈A〉を鍋に入れ、強火にかける。灰汁を引き、弱火にして1時間煮込む。鶏ガラを取り出して〈B〉を加える。⇒ **[2]** きりたんぽを作る。炊きたてのご飯を擂り鉢やボウルに入れて片栗粉を振り入れ、麺棒で七分つきにする。⇒ **[3]** 割り箸を2膳1組にして水でぬらし、手に塩水をつけ [2] を1/4ずつ巻き付ける。フライパンに薄く油 (分量外) を引き、きりたんぽの表面に焼き色がつく程度まで転がしながら焼く。⇒ **[4]** [1] を煮立て、〈C〉を加え、鶏肉に火が通ったら、〈D〉を加える。⇒ **[5]** 茸類に火が通ったら芹と [3] を入れる。サッと温まる程度に熱したら出来上がり。

あとがき

いつか山谷の話を書いてみたい。

三年ほど前から漠然と心に転がっていたのですが、具体的なテーマやストーリーが浮かばずずっと放置プレイ状態でした。それがこの度ようやく作品として世に生まれることができました。

昔から美食家と酒飲みが集まる荒木町で、担当さんと酔った勢いで生まれた物語です。

第一稿が書き上がったとき、担当さんから「こんな優しい物語が生まれるとは思いませんでした」と感想をいただきました。

正直、私も思いました。

「どうしてこうなった⁉」

山谷をこんなふうに作り上げることになるとは、三年前の私は一ミリグラムの想像もしていませんでした。

荒木町の夜の中で、山谷と料理と酒を素材に成された錬金術。

できあがったものが、読者の皆様にとって「黄金」であればよいのですが。

今回は執筆にあたり、たくさんの方にご協力いただきました。

『ホテル・ニュー紅陽』の帰山博之様、『ほていや』『えびすや』の帰山哲男様、お忙しい中取材にご協力いただきありがとうございました。わすれな荘のオーナーは酔いどれの怠け者ですが、本物のオーナーのお二人はユーモアのあるとても素敵な紳士でした。

ベトナムで日本語教師をなさっていたM様。ベトナムの料理や日本語学校のことなど教えていただき、大変参考になりました。アイスクリームかけご飯を作中に出せなかったのが心残りです。

作家仲間の浅生楽先生には、ドイツ文化やドイツ語についてアドバイスをしていただき、大変助かりました。オリバーとヤンの何パーセントかは、浅生先生の知識と優しさでできています。

美味《おい》しいレシピを考案して下さった料理研究家の豊田希様。突然のお願いにもかかわらず快諾していただきありがとうございました。おかげさまで実際に登場人物と一緒に味わえる「美味しい小説」が完成しました。

表紙を描いて下さった鳥羽雨様。賑《にぎ》やかで暖かいわすれな荘の雰囲気が漂ってくる素敵なイラストをありがとうございます。

最後に担当の三輪侑紀子様。取材にお付き合いいただいたり、資料を送っていただいたり、本当にお世話になりました。

そして、この本を手にとっていただいた読者の方々に最大の感謝を。

取材によっていただいた外国人ゲストの面白エピソードや山谷の裏話、日本ではまだ珍しい世界の料理などのネタ。残念ながら今回のストーリーに盛り込めなかったものがたくさんありまして、いつかどこかで皆様にお披露目する機会があればいいなと思っています。

またどこかでお会いできることを祈りつつ。

二〇一四年　ポインセチアの咲く季節に　　有間カオル

本書は書き下ろしです。
レシピ提供　豊田希

Haruki Bunko
ハルキ文庫

あ 25-1

夢《ゆめ》みるレシピ ゲストハウスわすれな荘《そう》

著者 有間《ありま》カオル

2014年12月18日第一刷発行

発行者 角川春樹

発行所 株式会社角川春樹事務所
〒102-0074 東京都千代田区九段南2-1-30 イタリア文化会館

電話 03(3263)5247(編集)
03(3263)5881(営業)

印刷・製本 中央精版印刷株式会社

フォーマット・デザイン 芦澤泰偉
表紙イラストレーション 門坂 流

ISBN978-4-7584-3862-9 C0193 ©2014 Kaoru Arima Printed in Japan
http://www.kadokawaharuki.co.jp/[営業]
fanmail@kadokawaharuki.co.jp[編集] ご意見・ご感想をお寄せください。